日語句型總覽分析

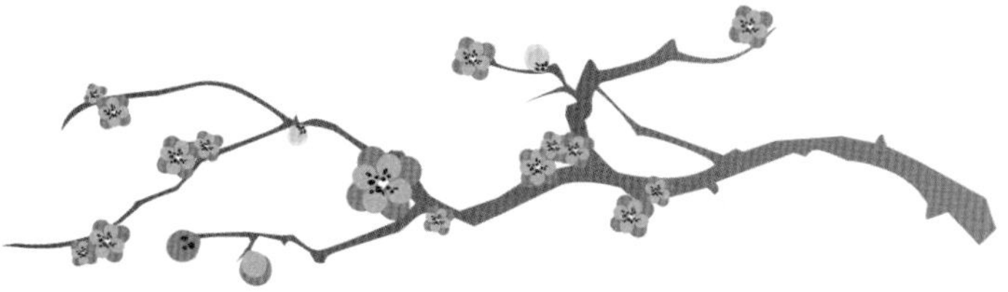

王珍妮 著

國立高雄餐旅大學
五南圖書出版公司 印行
本書經「國立高雄餐旅大學教學發展中心」學術審查通過出版

Preface 前言

國際交流基金出版之『文法を教える』（ひつじ書房）一書中提示，教授文法的三要素乃爲「形」「意味・機能」「用法」，三者缺一不可。本書基於此三大要素將日語句型系統化，讓學習者有完整清晰的概念，不容易混淆。

一、本書有以下幾點特色：

1. 以機能區分共18個項目分類日語句型。
2. 依其功能、結構、用法、例句、中文解釋逐句說明。
3. 附加類似句型，讓學習者了解近義句型，舉一反三。
4. 建立系統化學習概念，學習者可以掌握同一意義功能下包含哪些句型，透過例句，有效掌握各句型的意義、功能和用法，可達一目瞭然之效。
5. 將功能類似的句型，加以分門別類逐項整理，並以專欄作整理分析。

二、適用對象

1. 本書偏重總整理的概念，適用於N3以上程度之學習者，讓學習多年日語的學習者統整句型，以功能、用法、意義、例句貫穿，可提升學習效果，不易混淆。
2. 可作爲日本語能力測驗文法項目之準備教材。

爲使本書生動活潑，感謝應日系二A賴品彣同學協助繪製與例句相關之插圖；同時也感謝本系菊川秀夫老師協助校對及提供寶貴意見。

國立高雄餐旅大學應用日語系
王珍妮 謹識
2017年2月

Contents
目錄

一 提示主題

文型 1

～というのは……ことだ。
ものだ。
という意味だ。

中文意思：所謂……就是……

用法 對單詞、詞語、句子意義的定義，進行說明解釋。與「とは」的意思用法基本相同，但比「とは」口語化。一般會話時：「っていうのは」、或「って」。

例文

1. 「イケメン」というのは容姿(ようし)がすぐれている男性のことです。
所謂的「帥哥」就是外表姿容出眾的男子。
2. 「もったいない」というのはどういう意味ですか。
「もったいない」是什麼意思呢？
3. 入梅(にゅうばい)って何ですか。
入梅是什麼意思呢？

文型 2

名詞＋というものは
句子＋ということは

中文意思：所謂的……就是……

用法 在有感而發下描述事物的本質和性質，或是把一件事當作話題提出時用。

例文

1. 親というものはありがたいものだ。
所謂的父母親是令人感激的人。

2. ふるさとというものは遠く離れるといっそう懐かしくなる。
所謂的故鄉就是當你遠離時就變得更加懷念的地方。

3. 社会を変えるということは大変なことだ。
要改變社會是件不容易的事情。

4. 体が丈夫だということは大事なことだと思っています。
我認爲身體結實這件事是件重要的事。

文型 3

～というと〈確認〉
〈連想〉

中文意思：〈確認〉
你剛才說的……
〈連想〉
一提到……

用法 〈確認〉聽了對方的話之後，確認其和自己所想的內容是否一致時。

例文

〈確認〉1.A：李さんは荷物を整理してもう国へ帰りました。
B：帰ったというと、もう日本に戻らないということでしょうか。
A：李先生已經整理行李回國了。
B：你剛才說回國，是說已經不再回到日本的意思嗎？

〈連想〉2.小学校というと、大勢の子供たちや広い校庭がまず頭に浮ぶでしょうが、私の通った小学校は山の中の小さな寺のようなものでした。

一提到小學，首先浮現腦際的就是許多小朋友和寬敞的校園，但是我上的小學是在山裡面像寺廟一樣的學校。

文型 4

~といえば

中文意思：**說到……**

用法 當某人提出某話題時用

一般會話時用：「っていえば」

例文

1. A：昨日の台風はすごかったねえ。記録的な大雨だったようだ。

   A：昨天的颱風好厲害啊！好像是破紀錄的大雨。

2. B：記録的といえば、今年の暑さも相当でした。

   B：說到破紀錄，今年的暑熱也是相當不得了的。

文型 5

名詞＋といったら

中文意思：**要說……**

用法 用於強調時程度是極端的，帶著驚訝感動等情感描述時。

例文

1. この夏の暑さといったらひどかった。観測史上最高だったそうだ。
   要說到今年夏天的暑熱是很離譜的，聽說是觀測史上最高溫度。
2. あの学生のまじめさといったら、教師の方も頭が下がる。
   說到那個學生的認真程度，連老師都佩服。

文型 6

～ときたら

中文意思：**提到……**

用法 帶著責難、不滿等情緒，談論與自己親近的人或事物時使用。（口語中常見）

例文

1. お宅の息子さんは外でよく遊んでいいですね。うちの子ときたらテレビの前を離れないんですよ。
   你家兒子常在外面遊玩眞好啊！說到我家孩子，都離不開電視機前呢！
2. この自動販売機ときたら、よく故障する。取り替えたほうがいいと思う。
   說到這台自動販賣機啊！經常故障，我想還是換一台比較好。

文型 7

~には

~におかれましては

中文意思：1. 關於……的情況

2. 向對方表示尊敬

用法 1. 向對方表示尊敬。

2. 用於書信。

例文

1. 貴法人におかれましてはますますご清祥とお慶びを申し上げます。

   謹祝貴法人日益康健喜悅。

2. 拝啓残暑の候、皆様におかれましては、ますますご健勝のこととお慶び申し上げます。先日はご多忙の中討論会にご参加 頂き、まことにありがとうございました。

   敬啓者殘暑時分，謹祝各位貴體日益康健，日前承蒙在百忙之中參加討論會，實在是非常感謝。

文型 8

~ともなると

~ともなれば

中文意思：要是……

用法 ~ともなると中的「も」表示在某限度的範圍內，程度已到了某一狀態。

例文

1. 普通の社員は決まった時間に出勤（しゅっきん）しなければならないが、社長ともなるといつ出勤（しゅっきん）してもかまわないだろう。
普通的社員必須在一定的時間上班，但要是社長的話想在什麼時候上班都沒關係吧！

2. 3人の子の親ともなれば、自由時間はかなり制限（せいげん）される。
要是成爲三個孩子的家長，個人的自由時間會受到相當大的限制。

文型 9

～に至っては
～に至ると
中文意思：至於……

用法 說明在幾個負面評價的例子中，舉出某個極端的例子，說明那是怎樣的情形。

例文

▸ 私の家族（かぞく）はだれもまともに家で夕食（ゆうしょく）を取（と）らない。姉に至（いた）っては仕事や友人との外食（がいしょく）で家で食べるのは月に一回か二回だ。
我的家人誰也沒有在家像樣的吃晚餐。至於我姐姐因爲工作或和朋友的外食很多，一個月在家吃飯有一兩次而已。

二 強調

1 〈も〉系列

文型 1

～さえ

中文意思：**連……都**

用法 可和も替換

按常理都不能的事，就不用說其他事了。

い形容詞－い＋くさえ

な形容詞＋でさえ

名詞（主語）＋でさえ

（慣用）ただでさえ

例文

1. 息子を失った彼女は生きる希望（きぼう）さえなくしてしまった。
   失去兒子，她連活下去的希望都失去了。
2. 山の上は夏でさえ雪が残っている。
   山上連夏天都還殘留著雪。
3. 「ただでさえ狭（せま）い部屋に本がいっぱいで…」（普通（ふつう）の状態（じょうたい）でも。それでなくても）
   什麼都不擺的房間都覺得很狹窄了，還被放了這麼多書……。
4. 陳さんは日本に長く住んでいたので会話（かいわ）は得意（とくい）だが、文字（もじ）は平仮名（ひらがな）さえ読めない。
   陳先生雖然在日本住了很久會話很拿手，但卻連平假名的文字都不會唸。

文型 2

Vます形＋すら
名詞（主語）＋ですら
中文意思：**就連……都**

用法 舉出一例，表示連它都這樣，其他的就不用說了。

例文

1. 橋本さんは食事の時間すら惜(お)しんで研究(けんきゅう)している。
   橋本先生連吃飯的時間都覺得可惜地做研究。
2. 李さんは日本人ですら知らない日本語の古(ふる)い表現(ひょうげん)を知っている。
   李先生連日本人都不知道的日語古老的表達都知道。

文型 3

V原形＋だに
名詞＋だに
中文意思：**只要……就**
連……都

用法 同だけでも、すら
書面語，常爲慣用。
考えるだに、聞くだに

例文

1. 夢だに思わない＝夢にも思わない
   做夢都沒想到。

2. 想像(そうぞう)だにしない＝想像(そうぞう)さえしない
連想像都不曾有過。

3. 考えるだに＝考えるだけでも
只是想就覺得……

文型 4

「一」數量詞＋として～ない

中文意思：完全沒有……
一點也沒……

用法 同まったく～ない
舉出最低單位，加強全部否定的語氣。

例文

1. ぼくは一日として君のことを考えない日はない。
我沒有一天不想你的。

2. 月末(げつまつ)になると一元(いちげん)として残っていない。
到了月底連一元都不剩。

3. 幼(おさな)い時(とき)に離(はな)れ離(ばな)れになってしまったので、妹との思い出は一つとして覚えていない。
年幼時各分東西，和妹妹的回憶一個也都不記得。

2 〈其他系列〉

文型 1

表感情的語詞＋ことに
中文意思：非常讓人……的是……

用法 說話者表達對某事物的觀感時，把所強調的感想放在ことに前。略有書面語的語感。

例文

1. 不思議（ふしぎ）なことに、何年も花が咲かなかった月下美人（げっかびじん）の花が今年はきれいに咲いた。
   令人不可思議的是，已經有好幾年不開的曇花，今年開得好漂亮。
2. 悔（くや）しいことに、1点差（さ）でN1の試験に合格（ごうかく）できなかった。
   令人懊惱的是，只差一分N1考試就及格了。

文型 2

～からして
中文意思：就從……來看

用法 當想表達「連……都這樣，其他當然也……」的時候使用，大多用於負面評價。同～からみて、～からいって。

例文

1. この職場（しょくば）には時間（じかん）を守（まも）らない人が多い。課長（かちょう）からしてよく遅刻（ちこく）する。
   這個職場不守時的人很多。就從課長來看就經常遲到。

2. この店の雰囲気(ふんいき)は好きになれない。まず流(なが)れている音楽(おんがく)からして私(わたし)の好(この)みではない。

我不喜歡這家店的氣氛，首先是播放的音樂就不是我的喜好。

文型 3

~にして

中文意思：因爲是……

　　　　　即使是……

用法 強調程度

1. 達到……程度才可能。
2. 就連達到……都不能。

通常表達「可能」「不可能」的意思。

例文

1. 人間(にんげん)80歳にしてはじめて分かることもある。

人要活到80歲才會明白的事，也是有的。

2. これほど細(こま)かい手仕事は彼女にしてはじめてできることだ。

這麼精細的手做工作，要那個人才做得來。

文型 4

~ともあろう名詞が

中文意思：身爲……還……

　　　　　作爲……

用法 1. 說話者給予某人事物較高評價，但事實上卻沒有做出符合該評價的行動。
2. 評價較高，所以希望對方做出符合該評價的行動。

例文

1. 大きな会社の社長ともあろう人が、軽々しい発言をしてはいけない。
身為大公司的社長，不可以做出輕率的發言。
2. 弁護士ともあろう者がどうして振込め詐欺事件に巻き込まれたのですか。
身為律師，為什麼會捲入詐騙事件裡呢？

文型 5

~たる者は
中文意思：作為……

用法 1. 因為處在那個立場上，所以必須要有符合該立場的態度。
2. 較生硬的文語用法。

例文

1. 国を任された大臣たる者は、自分の言葉には責任を持たなければならない。
身為一國之大臣，必須對自己說的話負責才行。
2. 国の代表たる機関で働くのだから、誇りと覚悟を持ってください。
因為在代表國家的機關工作，所以請抱持著榮耀和覺悟的心。

三 場所和狀況

1 〈で〉

文型 1

～において
～における
中文意思：在……

用法 1. 表示事物發生的地點、狀況。
2. 也可用於某一方面某一領域。
3. 和で的意思相同，爲正式的書面語，一般不用在日常會話中。

例文
1. 校歌（こうか）のコンクールは体育館（たいいくかん）において行われる予定（よてい）。
校歌比賽預定在體育館舉辦。
2. 金融界（きんゆうかい）における彼（かれ）の地位（ちい）は高（たか）くないが、彼（かれ）の主張（しゅちょう）は注目（ちゅうもく）されている。
在金融界他的地位雖與不高，但是他的主張受到注目。

文型 2

～にあって
中文意思：在……的時候
在……的情況下

用法 1. 由於正處在……這種特別的事態情況下（後接順接）。
2. 雖然處在……下卻……（後接逆接）。

例文

1. 今、タイは経済成長期にあって、人々の表情も生き生きとしている。（順接）

   現在泰國正值經濟成長期，人們也表現的生氣勃勃。

2. この非常時にあって、あなたはどうしてそんなに平気でいられるのですか。（逆接）

   在這個非常時期，爲什麼你還能那麼若無其事呢？

文型 3

～の下で（～の下に）

中文意思：在……之下

用法 在……的影響之下，受……的影響而……。

例文

1. 私は田積という人の下でろうけつ染めを習っている。

   我在一位叫田積的老師手下學習蠟染。

2. 新しいリーダーの下にみんなは協力を約束し合った。

   大家約定在新的領導者之下彼此協助幫忙。

文型 4

～にて

中文意思：在……

用法 で的書面語

表示場所、手段、限定、基準。

例文

1. 面接は本社にて行(おこな)います。（場所）
   面試在總公司舉行。

2. 本日は5時にて閉館(へいかん)します。（時）
   今日在五點閉館。

3. 飛行機(ひこうき)にて任地(にんち)へ行く。（手段）
   搭飛機去赴任地。

4. 病気(びょうき)にて欠席(けっせき)いたします。（原因・理由）
   由於生病缺席。

2 範圍〈から～まで〉

文型 1

から～まで

中文意思：從……到

用法 起點和終點都是明確的，且在此範圍內事物保持「持續不變」的同一狀態，是「點」的概念。

例文

1. 何(なに)から何(なに)まですっかりお世話(せわ)になり、ありがとうございました。
   不管什麼事都受到您的關照，真的謝謝您了。

2. 台北(たいぺい)から高雄左営駅(たかおさえいえき)までの乗車時間(じょうしゃじかん)は快適(かいてき)です。
   從台北到高雄左營站的搭車時間是舒適的。

文型 2

から～にかけて

中文意思：從……到

用法

1. 和から～まで用法相似。
2. 起點和終點不明確的範圍。
3. 從某一特定的時間和範圍到另一特定的時間和範圍。
4. 是「點」的概念。

例文

1. このヘアスタイルは1980年代から1990年代にかけて流行っていました。
   這個髮型自1980年代到1990年代是流行的。
2. （天気予報）明日は東北から関東にかけて雪が降りやすい天気になるでしょう。
   （天氣預報）明天從東北地區到關東地區是容易下雪的天氣。
3. （交通情報）首都高速道路は銀座から羽田にかけて、ところどころ渋滞となっております。
   （交通情報）首都高速公路從銀座到羽田有些路段會塞車。

文型 3

（から）～にわたって

中文意思：在……範圍內，從……到

用法

1. 該狀態已經擴散發展到所有範圍內。
2. 是「面」的概念。

例文

1. 台風13号は台湾全域にわたって被害を及ぼしました。
   第13號颱風所造成的災害已經波及到台灣全島。
2. 新学期開始から二週間にわたって、キャンパスには校歌練習の雰囲気に包まれていました。
   新學期開始的2週，校園裡充滿著練習校歌的氣氛。
3. 10年にわたる海底トンネルの工事がようやく終わった。
   經過10年的海底隧道工程，終於結束了。

文型 4

から～に至るまで

中文意思：從……到

用法

1. 事物的範圍已經到了那種程度。
2. 強調的是上限。

例文

- 身近なごみ問題から国際経済の問題に至るまで、面接試験の質問内容は実にいろいろだった。
  從身邊的垃圾問題到國際經濟問題，面試的問題真是五花八門的。

文型 5

～を通じて

中文意思：在整個……的期間，透過

用法 在……期間一直保持同一狀態〈継続期間〉與～を通して意思用法相同。

例文

1. 〈継続期間〉バリ島は一年を通じて夏です。雨季と乾季の区別だけがあります。
   巴里島一整年都是夏天，只有雨季和非雨季的區別。
2. 人類の歴史を通じて、地球のどこかで常に戦争が行われてきた。
   透過整個人類的歷史，地球上的哪一個角落一直都是有戰爭在發生。
3. 〈手段・媒介〉彼とは共通の友人を通じて知り合った。
   我是透過共同朋友和他認識的。
4. 私はそのことをテレビのニュースを通じて知りました。
   我是透過電視上的新聞知道這件事。

3 立場・觀點

文型 1

～として

中文意思：作爲……

身爲

用法 在做某事或在評價某事物時，以として表明其立場、資格、名義。

例文

1. かつて一度交換留学生として日本に留学したことがあります。
   過去曾經以交換留學生的身分來日本留學過。

2. 古代ギリシャで初めて学問として数学が始まった。
在古希臘第一次以學問開始了數學。

3. 彼は医者としてよりも小説家として有名だ。
與其說他身爲醫生，還不如說他身爲小說家來得有名。

文型 2

~にとって
中文意思：對……來說

用法 表示人物的名詞+にとって表達感受與評價。

例文

1. これは普通の絵かもしれないが、私にとって大切な思い出のものだ。
或許這是一幅普通的畫，但對我而言是有珍貴回憶的畫。

2. うちの家族にとって、ペットの犬はもう家族の一員のような存在です。
對我的家人來說，寵物的狗已經是家中的一份子般的存在。

文型 3

~から見ると
~からみれば
~からみて
中文意思：從……來看

用法 從……立場來看事物

例文

1. 子どもからみれば、先生は神様のような存在です。
   從小孩的立場來，老師就像是神明般的存在。
2. 公の立場からみると、環境保護はすべての人の責任です。
   從公領域來看，環保是所有人的責任。

文型 4

~からいうと
~からすれば
~からして
中文意思：從……方面來判斷的話

用法
1. 以此著眼點來判斷的話情況會如何？
2. 由那個人的眼光來看的話情況會如何？
3. 同からいえば、からいって、からすると。

例文

1. 仕事への意欲からいうと、田中さんより山下さんのほうが上だが、能力からいうと、やはり田中さんのほうが優れている。
   從對工作的積極態度來看，山下先生比田中先生好，但從能力方面來看的話，畢竟還是田中先生來得優秀。
2. 教師の立場からいっても、試験はあまり多くないほうがいいのです。
   即使從教師的立場來看的話，考試還是不要太多來得好。

文型 5

～にしたら
～にすれば
～にしてみれば
中文意思：**從……的角度看的話**

用法 說話者站在那個人的立場上，表達那個人的心情時使用。

例文

1. 私は今度学校の寮を出て、アパートに住むことになりました。両親にしたら心配かもしれませんが。
我這回搬出宿舍，住在外面的公寓了。從父母的角度來說，或許會擔心也說不定。

2. 彼女にすれば、私にいろいろ不満（ふまん）があるようだけれど、私からも彼女に言いたいことがたくさんある。
從她的角度來看，似乎對我有各種不滿；不過我也有很多想要對她說的話。

4 内容、對象

文型 1

名+について
中文意思：**就……，關於……**

用法 用於表示說、聽、思考、寫、調查等行爲所涉及的對象。

例文

1. 北海道(ほっかいどう)の観光資源(かんこうしげん)について調(しら)べています。
正在調查有關北海道的觀光資源。

2. 両親(りょうしん)の代(だい)について、私は何も知らない。
關於雙親的年代，我什麼都不知道。

3. （テレビの討論番組(とうろんばんぐみ)で）今夜(こんや)は食(しょく)の安全(あんぜん)について考(かんが)えましょう。
（電視的討論節目）今晚關於食安問題來思考一下吧。

文型 2

名+につき
中文意思：由於……

用法 用於陳述理由，是通知、公告文等文體或正式書信的固定用語。

例文

1. （店(みせ)の張(は)り紙(がみ)）店内改装中(てんないかいそうちゅう)につき、しばらく休業(きゅうぎょう)いたします。
（店家張貼的公告）由於店內正在進行改裝，暫時停業。

2. （郵便局(ゆうびんきょく)からの通知(つうち)）この手紙(てがみ)は料金不足(りょうきんぶそく)につき、返送(へんそう)されました。
（來自郵局的通知）這封信因爲郵資不足，被退回了。

文型 3

名+に関して
～に関する+名

中文意思：**關於**

用法 與「について」的用法大致相同，但比「について」生硬。

例文

1. 事件に関して現在調査をしております。結論が出るまでもうしばらくお待ちください。
   關於事件目前正在調查中，在結論出爐之前請再稍候。
2. この論文は飲食文化史に関する調査が足りない。
   這篇論文關於飲食文化史的調查不足。

文型 4

~をめぐって
~をめぐる+名
中文意思：**圍繞……**

用法 對於某件事引發了什麼議論或對立。

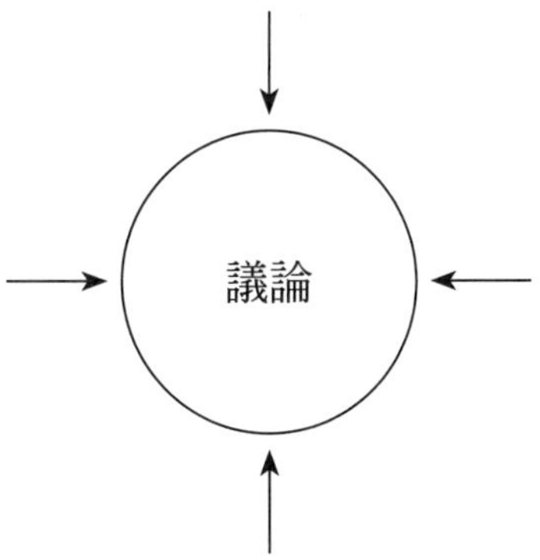

例文

1. 町の再開発をめぐって、住民が争っている。
   圍繞著鄉村再開發案的議題，居民們互相爭執。
2. 土地の利用をめぐって、二つの対立した意見が見られる。
   針對土地的利用，可以看到兩方對立的意見。
3. マンション建設をめぐる争いがようやく解決に向かった。
   圍繞著公寓大樓的建設所引發的紛爭，總算朝向解決之道。

文型 5

名+を中心に
名+を中心として
～を中心とする+名
～を中心とした+名
中文意思：以……爲中心

用法 某事件、某行爲以什麼爲中心時。

例文

1. 今度の台風の被害は四国を中心に九州全域に広がった。
   這次颱風的災區以四國爲中心擴展到九州全境。
2. 陳さんを中心とする新しい委員会ができた。
   以陳先生爲中心的新委員會已成立。

文型 6

～にかけては

中文意思：在……方面

用法 =では

「對於……的素質或能力有自信，比其他人優秀」之意時用。

例文

1. 足の速さにかけては自信があったのですが、若い人にはもう勝てません。

   （我）在腳程快速上是有自信，但已經無法贏過年輕人了。

2. 高橋さんは事務処理にかけては素晴らしい能力を持っています。

   高橋先生在事務處理方面，擁有非常卓越的能力。

文型 7

～に対して

～に対する＋名

中文意思：以……爲對象

　　　　　和……相比

用法 〈對象〉表示一個行爲或一種感情的對象，接受者。

〈對比〉用於對比某一事物的兩種情況。

例文

1. 今の発言に対して、何か反対の意見がある方は手を挙げてください。

   對於今天的發言，有任何反對意見者請舉手。

2. 青年の親に対する反抗心は、いつごろ生まれ、いつごろ消えるのだろうか。

   年輕人對父母反抗的心態，是在何時產生，何時消退的呢？

3. 2015年の日本人の平均寿命は、男性80歳であるのに対して、女性は87歳です。
2015年日本人平均壽命，和男性的80歲相比，女性爲87歲。

4. 日本海側では、冬、雪が多いのに対して、太平洋側では晴れの日が続く。
日本海岸的區域，冬天多雪，相對於此，太平洋岸區域經常持續著晴天。

5 對應、適應

文型 1

～によって
～による+名
中文意思：依……的不同而不同

用法 〈対応〉接在各式各樣的種類、可能性名詞之後，後面之相對應的事物也因前面的差異而各自不同。

例文

1. 人によって考え方はいろいろだ。
因人的不同想法就有各式各樣。

2. 季節による風景の変化は、人の感性を豊かにする。
隨季節所改變的風景，豐富了人們的感性。

文型 2

～に応（おう）じて

～に応（おう）じる+名

中文意思：**與……相應**

用法 如果前面的情況發生了變化，與之相對應，後面的情況也跟著變化。

例文

1. アルバイト代は労働時間（ろうどうじかん）に応（おう）じて計算（けいさん）される。

   打工工資因應勞動的時間來計算。

2. 人は年齢（ねんれい）に応（おう）じて、社会性（しゃかいせい）を身（み）につけていくのだ。

   人因著年齡的增長而逐漸學會社會性。

文型 3

～に応（こた）えて

中文意思：**按照……的要求回應**

用法 接在表示提問、期待、願望等名詞之後，想要表達「按其要求行事」時。

例文

1. 聴衆（ちょうしゅう）のアンコールに応（こた）えて、指揮者（しきしゃ）は再（ふたた）び舞台（ぶたい）に姿（すがた）を見（み）せた。

   回應聽眾的安可聲，指揮再次回到舞台。

2. 政府（せいふ）には国民（こくみん）の期待（きたい）に応（こた）えるような解決策（かいけつさく）を出（だ）してもらいたい。

   希望政府能推出國民所期待的解決政策。

文型 4

名+次第で

如放在句尾→～次第だ。

中文意思：**按照……，根據……**

用法 原本與此相對應的事情發生了變化，而決定了某件事。

同「如何で」，但「如何で」是「しだいで」的用法之一，較生硬。

例文

1. 私はその日の天気次第で、1日の行動の予定を決めます。

   我會根據當天的天氣狀況來決定一天的預定行動。

2. 言葉の使い方次第で相手を怒らせることもあるし、喜ばせることもある。

   會因語言的表達使用，有時讓對方生氣，有時讓對方高興。

文型 5

～次第では

中文意思：**根據……的情況**

用法 和「いかんでは」意思用法相同，但比「いかんで」口語化。

例文

1. 道の込み方次第では、着くのが大幅に遅れるかもしれません。

   或許會因道路擁擠的情況，到達時間會大幅延遲也說不定。

2. 考え方次第では、苦しい経験も貴重な思い出になる。

   會依想法的不同，有時痛苦的經驗也會成爲寶貴的回憶。

6 根據、信息來源

文型 1

　　　～をもとに
素材＋～をもとにして
　　　～をもとにする
中文意思：以……爲素材

用法 產生某種事物的素材，後面接書く、話す、作る、創造する等意思的句子。

與「～にもとづいて」意思相近。

例文

1. ひらがなとかたかなは漢字(かんじ)をもとにして生れたものです。
   平假名和片假名各是以漢字爲基礎而產生的。
2. 最近(さいきん)、戦争体験(せんそうたいけん)をもとにしたテレビドラマが多い。
   最近有很多以戰爭體驗爲題材的戲劇。

文型 2

～に基づいて（は）
中文意思：基於……

用法 以……的思想爲方針做某事。

例文

1. この大学はキリスト教精神に基づいて教育が行われています。
   這所大學是基於基督教的精神來推展教育的。
2. これは単なる推測ではなく、たくさんの実験データに基づいた事実である。
   這不是單純的推測，是基於許多實驗數據的事實。

文型 3

～に沿って

中文意思：按照……

用法 「離不開～」、「不偏離～」。

常接在表示期待、希望、方針、說明書等語詞之後。

例文

1. 学科では大学の教育方針に沿って年間の計画を建てています。
   學科是依照大學的教育方針來建立一年的計畫。
2. ご期待に沿う回答ができるかどうか自信がありませんが。
   是不是能照著您的期待來回答，我沒有自信……。

7 手段、媒介、理由

(1) 手段、媒介

文型 1

～を通して〈手段、媒介〉

中文意思：**透過……**

用法 表示「以某個或某件事為媒介，做什麼」常用來表示積極意義的事。

例文

1. 学長に会うときは、秘書を通してアポイントメントを取ります。
   要見校長，需透過秘書預約會面的時間。
2. 業務に関するお問い合わせは、事務所を通して行ってください。
   有關業務的詢問，請透過事務所來進行。

文型 2

~を通じて〈手段、媒介〉

中文意思：**透過……**

用法 用法和「を通して」相同，但強調某件事成立時的媒介、手段。

例文

1. 311大地震をテレビのニュースを通じて知りました。
   311大地震的消息，我是透過電視新聞才知道的。
2. 田中さんとは共通の友人を通じて知り合った。
   與田中先生是透過共同好友才認識的。

文型 3

を経て

〔経る〕（自下一）

中文意思：（時間的）經過

住過……地方

透過……

用法

1. 表透過……媒介時可與「～を通して」「～を通じて」互換。
2. 時間+を経て。
3. 地點+を経て。

例文

1. 推薦入学の試験を経て入学しました。

   我是經過推甄的考試入學的。

2. 三十年の年月を経て再会しました。

   經過三十年的歲月，再次見面了。

3. 台北から台中を経て昨日帰ってきました。

   從台北經過台中，昨天回來了。

文型 4

～をもって

（＝で）

（＝でもって）

中文意思：用……，以……

用法 表示「用這個做某事」「身をもって」親身、切身，是慣用的用法。不用在以……工具時。

例文

1. 面接の結果は後日書面をもってお知らせします。

   面試的結果，過幾天會以書面通知。

2. 今回の会議で私は人間関係の難しさを身をもって経験しました。

   這次會議讓我親身體驗了人際關係的困難。

文型 5

~をもってすれば

中文意思：以……來做的話

用法 是~をもって的應用。

例文

1. 実力をもってすれば、N1合格は間違いないだろう。

   以實力來說，N1及格是沒有問題的吧。

2. 現代医学をもってすれば、不妊は簡単に解決できる。

   以現代醫學來說，不孕是可以簡單解決的。

文型 6

~をもってしても

中文意思：即使以……來做也……

用法 是をもって的應用。

例文

▸ 彼の能力をもってしても、社長になるのは無理だろう。
就算以他的能力來做，要當上社長也是很勉強的。

(2) ～によって的用法及注意點

文型

～によって
中文意思：由於……

用法 〈原因、理由〉
「由於～的原因，導致了～的結果」。
中文意思：透過……

例文

1. 商店街は近年の不景気によって、次々と店を閉めることとなった。
商店街由於近幾年來的不景氣，接二連三地關店了。
2. 女性の社会進出が進んだことにより、女性の社会的地位もだんだん向上してきた。
由於女性進入社會工作的發展，女性的社會地位也漸漸地提升了。

用法 〈手段、方法〉
表達「做某事的手段、方法」。不用於使用是工具、道具時。
中文意思：依……的不同而不同
根據……
因……

例文

1. その問題は互いの話し合いによって解決できると思います。
   這個問題透過彼此的對談，我想可以得到解決。
2. アンケート調査によってお客様の要望（ようぼう）を知る。
   透過問卷調查得知客人的需求。
3. 先生の仲介（ちゅうかい）による交流はお蔭様（かげさま）でうまくいきました。
   藉由老師所介紹的交流，托老師的福進行得很順利。

用法 〈対応〉

接在表示各式各樣的種類、可能性的名詞之後，後面與之相應的事物也因前面的差異而各自不同。後半句多使用「いろいろある、違う」之類的句子。

中文意思：由……

例文

1. ホテルの窓からは、四季の折々によって素敵な風景が見える。
   從飯店的窗户可以看到四季變化而帶來的美麗風景。
2. 人によって考え方はそれぞれだ。
   因人而異，想法也是各式各樣的。

用法 〈被動句的動作主體〉

被動句的主體一般以「に」來表示，但當主體爲生物體以外的事物時，常用「によって」來突顯動作主體。

例文

1. 「雪国」は川端康成によって書かれた小説です。
　「雪國」是由川端康成所撰寫的小說。
2. 青年海外協力隊はJICAによって運営されている。
　青年海外協力隊是由JICA（獨立行政法人國際協力機構）所營運。
3. 日本の伝統文化の多くは、地方の人々によって受け継がれてきた。
　大多的日本傳統文化都是由當地人繼承下來的。

8 起點、終點

(1) ～から（起點）系列

文型 1

より（＝から）

中文意思：從……，自……
由……

用法 自～地點、自～時間。

例文

1. 成田空港より出発する時間を教えてください。
　請告訴我從成田機場出發的時間。
2. 本日３時半より特別講演会が開かれるので、ぜひご出席ください。
　今日的特別演講會從下午3：30開始，請務必出席。

文型 2

～をきっかけに
～をきっかけにする
～をきっかけにして
中文意思：以……爲契機

用法 表示「某個新行動的開端或動機」，後半句不需是正面的意思的行爲。也可用「～がきっかけで」形式。

例文

1. 日本旅行をきっかけに、日本語に興味を持つようになった。
以去日本旅行爲契機，對日文產生了興趣。
2. 日本人と友達になったことをきっかけに、日本留学を考えるようになった。
由於和日本人交了朋友，開始想要去日本留學。

文型 3

～を契機に
～を契機にして
中文意思：以……爲契機

用法 表達「覺得這是一個好機會，要以此爲開端，進行一個新的行動」時使用。後面常接正面意思的句子。用法大致與「～をきっかけに」相同。

例文

1. 今度の病気、入院を契機にして、今後きちんと定期健診を受けようと思った。

   以這次生病住院爲契機，想說今後要定期接受健康檢查。

2. 通訳のアルバイトを契機に今まで気が付かなかった語句の用法や意味に目を向けるようになった。

   藉由口譯打工的機會，開始關心注意起過去沒有察覺的語句用法和語意。

文型 4

～を皮切りに（に／する）

中文意思：**以……爲開端**

用法 表達「從～開始，之後陸續地」之意時。
可用在「同類行爲」或「新的行爲」。

例文

1. チャットでの彼の発言を皮切りにして、大勢の人が次々に意見を述べた。

   以在聊天室他的發言爲開端，很多人跟進發表意見。

2. この作品を皮切りにして、彼女はその後、多くの小説を発表した。

   以這個作品爲開端，她發表了很多小說。

(2) ～で（終點）系列

文型 1

～をもって

中文意思：以……爲期限

用法 〈期限〉

表期限詞語（本日、に時、今回）＋をもって、用來宣佈一直在持續的事物到那個期限結束。

常用於正式文件或寒暄，語氣較生硬。

例文

1. 本日をもって今年の研修会は終了いたします。

   今年的研討會到今天就結束了。

2. （お知らせ）今回をもって粗大ごみの無料回収は終わりにさせていただきます。

   （通知）大型垃圾免費回收到這次就結束。

3. これをもちまして第十回卒業式を終了いたします。

   第十回畢業典禮就此結束。

文型 2

～を限りに

名＋限りで

中文意思：以……爲限

用法 在此之前一直持續的事，從此以後不會再繼續下去之意時使用。

表示其最後期限。

例文

1. 今日を限りに禁煙することにしました。
   我決定到今日爲止，不再抽菸。

2. 今年の十二月を限りに土曜日の業務は行わないことにしました。
   到今年十二月爲止，今後星期六的業務不再進行了。

3. 今日限りで彼女とのLINEのやりとりをやめます。
   今日爲止，停止和她的LINE的互動。

9 間隔、單位、比率

(1) 間隔的用法「～ごとに」と「～おきに」

～ごとに：**重點放在某個行爲或某狀態的「時間」或「地點」** 每……，每……就更加	～おきに：重點放在「**間隔**」 每隔……
（一）どのAに対してもBを行う 名 V3＋ごとに 1.郵便配達人は各家ごとに郵便を配達します。 郵差挨家挨户地送信。 2.高度が１００メートル増すごとに気温が１度低くなる。 高度每增加100公尺氣溫就降低1度。	沒有此用法

3. 立春が過ぎると、一雨ごとに暖かくなる。 過了立春時分每下一次雨就溫暖起來。	
（二）表示距離的語彙＋ごとに Aごとに：以A爲一個區塊，以A爲一個まとまり。 1. 道の両側に10メートルごとに街路樹が植えられている。 樹與樹是10公尺10公尺等距離地種植。 10メートル　10メートル　10メートル 2. マラソン競走では、5キロごとに給水所が設けられている。 馬拉松賽跑每5公里就設有給水站。	（二）表示距離的語彙＋おきに Aおきに：以A爲間隔 1. 道の両側に10メートルおきに街路樹が植えられている。 樹和樹的間隔是10公尺（如果不考慮樹的直徑，意思和ごとに相同）。 2. マラソン競走では、5キロおきに給水所が設けられている。 馬拉松賽跑隔5公里就設有給水站。
（三）時間＋ごとに 1. 朝夕のラッシュ・アワーには、電車が5分ごとに来る。 5分是一個區間，電車每5分鐘來一班。 2. 時計は、1時間ごとに時を知らせる鐘が鳴ります。 時鐘每1小時就鳴鐘通知時間。	（三）時間＋おきに 1. 朝夕のラッシュ・アワーには、電車が5分おきに来る。 電車和電車的間隔是5分鐘（如果不考慮電車停車的時間，意思和ごとに相同）。 2. 時計は、1時間おきに時を知らせる鐘が鳴ります。 時鐘每隔1小時就鳴鐘一次通知時間。

3.この薬は４時間ごとに飲んでください。 請每4小時吃一次這個藥。	3.この薬は４時間おきに飲んでください。 請每隔4小時服藥。
（四）期間（～日、～月、～年、～週間）＋ごとに 一日ごとに＝毎日(まいにち)、 一ヶ月ごとに＝毎月(まいつき)、 一週間ごとに＝毎週 Xごとに＝（X－1）おきに 1.オリンピックは４年ごとに開催されます。→ 奧林匹克每4年舉行一次。 2.この雑誌(ざっし)は十日ごとに発行(はっこう)されます。 這個雜誌每10天發行一次。 3.この雑誌(ざっし)は、三ヶ月ごとに、年(ねん)４回(かい)発行(はっこう)されます。 這個雜誌每3個月發刊一次，一年共發刊4次。 4.この新聞(しんぶん)は２週間(しゅうかん)ごとに発行(はっこう)されます。 這個報紙每2週發行一次。	（四）期間（～日、～月、～年、～週間）＋おきに 一日おきに＝隔日(かくじつ)、 一ヶ月おきに＝隔月(かくつき) 1.オリンピックは3年おきに開催(かいさい)されます。 奧林匹克每隔3年舉行一次。 2.この雑誌(ざっし)は九日おきに発行(はっこう)されます。 這個雜誌每隔9天發行一次。 3.この雑誌(ざっし)は、２ヶ月おきに、年４回発行(はっこう)されます。 這個雜誌每隔2個月發刊，一年共發刊4次。 4.この新聞(しんぶん)は1週間おきに発行(はっこう)されます。 這個報紙每隔1週發行一次。 一日おきに病院へ行きます。 每隔一天去醫院。 ○●○●○● ↓ 病院へ行く日 去醫院的日子

(2) 間隔的用法「～ごとに」と「～たびに」

～ごとに：「等間隔發生」、「常常發生」 每當……就……	～たびに：表示行為狀態反覆發生，沒有ごとに那種「當……發生時必……」的限制，使用範圍較廣，語感較現代語的感覺。 每當……就……，每逢……就會……
1. 踏み切りでは、電車が通るごとに信号機（しんごうき）が鳴って、遮断機（しゃだんき）が降りる。 平交道每當電車通過燈號響起，柵欄就會下降。 2. その歌手が一曲歌い終わるごとに会場から大きな拍手が起こった。 那位歌手每唱完一首歌，會場就會響起很大的掌聲。 3. 留学に行った娘は、初め頃は何かあるごとに電話を掛けてきたが、この頃は一向（いっこう）に電話もかけてこなくなった。 去留學的女兒剛開始有什麼事都會打電話，最近都不來電話了。	1. 踏み切りでは、電車が通るたびに信号機（しんごうき）が鳴って、遮断機（しゃだんき）が降りる。 平交道每當電車通過燈號響起，柵欄就會下降。 2. その歌手が一曲歌い終わるたびに会場から大きな拍手が起こった。 那位歌手每唱完一首歌，會場就會響起很大的掌聲。 3. 留学に行った娘は、初め頃は何かあるたびに電話を掛けてきたが、この頃は一向（いっこう）に電話もかけてこなくなった。 去留學的女兒剛開始有什麼事都會打電話，最近都不來電話了。 4. 父は旅行の / 旅行に行くたびに、私にお土産を買ってきてくれます。 父親每次去旅行都會買土產給我。 5. この川は台風の / 台風が来るたびに氾濫（はんらん）する。 這條河每逢颱風就會氾濫。

6. この歌を聞くたびに、亡くなった母のことを思い出す。

每次聽到這首歌，就會想起去世的母親。

7. 会うたびに催促(さいそく)しているのに、彼はなかなかお金を返してくれない。

每次見面都會催促他，但他總是不還錢給我。

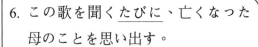

四 同時、並行

1 〈～と ～すぐ〉系列　同義類似句型分析

《專欄1》　～が早いか／～や否や／～なり（剛一……就，一……馬上就……）

文型 1

前項 が早いか、後項

相似点	相異点
① 都表示發生兩件事情的時間幾乎沒有間隔（立即……，馬上就……，一……就……） ② 不用於描寫自己的行爲 ③ 後句不接意志句、命令句、否定句	① 前項和後項幾乎同時分不清時間先後 ② 通常不和「～や否や」、「なり」互換使用 ③ 辭書形・た形＋が早いか

例文

1. 一日中遊んでいた子どもは、ベッドに横になるが早いか、すぐ眠ってしまった。
   玩了一整天的孩子，一躺在床上就立刻睡著了。
2. 主人の足音を聞くが早いか、子犬は駆け寄ってきた。
   一聽到主人的腳步聲，小狗就立刻跑向前去。
3. ベルが鳴ったが早いか、生徒たちは教室を飛び出していった。
   下課鐘聲一響起，學生們便跑出去教室。

文型 2

前項 や否や、 後項

相似点	相異点
① 都表示發生兩件事情的時間幾乎沒有間隔（立即……，馬上就……，一……就……） ② 不用於描寫自己的行為 ③ 後句不接意志句、命令句、否定句	① 很少用於口語 ② 多用於已發生的事 ③ 可和「～なり」互換使用 ④ 辭書形＋や否や ⑤ 可省略後面的「否や」，意思用法仍相同

例文

1. 列車が停車するや否や、乗客が殺到した。
   列車一停，乘客便蜂擁而至。

2. 桜の花が咲くや否や、雨が降って散ってしまった。
   櫻花才一綻放，花便散落了。
3. 社長の決断がなされるや、担当のスタッフはいっせいに仕事に取りかかった。
   社長一做了決策之後，負責的員工就立刻投入工作。

文型 3

前項 なり、 後項

相似点	相異点
① 都表示發生兩件事情的時間幾乎沒有間隔（立即……，馬上就……，一……就……） ② 不用於描寫自己的行爲 ③ 後句不接意志句、命令句、否定句	① 後項 多爲不尋常的事 ② 可和「～や否や」互換使用 ③ 辭書形＋なり

例文

1. 子どもは母親の顔を見るなり、ワッと泣き出しました。
   小孩一見到母親就「哇—」地大哭起來。
2. 彼は合格者のリストに自分の名前を発見するなり、跳び上がって大声をあげた。
   當他發現合格者名單上有他自己的名字時，立刻大聲喊叫地跳了起來。

《專欄2》　～か～ないか（のうち）に／～た形＋そばから／～た形＋とたん（に）

文型 1

～か～ないか（のうち）に

中文意思：馬上就……，剛要……就……

相似点	相異点
① 不用於描寫自己的行爲 ② 後句不接意志句、命令句、否定句	① 描寫現實中發生的事 ② 前項的事才剛發生，後項的事緊接著就發生了。

例文

1. 子（こ）どもは「おやすみなさい」と言ったか言わないかのうちに、もう眠ってしまった。
   孩子才剛說「晚安」就馬上睡著了。

2. このごろ、うちの会社では一つの問題が解決するかしないかのうちに、次々（つぎつぎ）と新しい問題が起こっている。
   最近我們公司才剛解決一個問題，其他新的問題又一個一個冒出來了。

文型 2

～動詞 3 ／た形＋そばから

中文意思：**剛……就……**

相似点	相異点
① 不用於描寫自己的行爲 ② 後句不接意志句、命令句、否定句	① 即使做了……又做了……，但馬上又有……發生 ② 常用於令人不喜歡的事

例文

1. 小さい子どもは、お母さんが洗濯するそばから、服(ふく)を汚(よご)してしまいます。
小孩才剛穿上媽媽洗乾淨的衣服，又馬上弄髒了。

2. もっと若いうちに語学を勉強すべきだった。年をとると、習ったそばから忘れてしまう。
應該在更年輕時學習語言，上了年紀之後才剛學就立馬忘記了。

文型 3

～た形＋とたん（に）
中文意思：**就在做……的瞬間**

相似点	相異点
① 不用於描寫自己的行爲 ② 後句不接意志句、命令句、否定句	幾乎在前項結束的同時，發生了後項無法預料的事。

例文

1. ずっと本を読んでいて急に立ち上がったとたん、眩暈(めまい)がしました。
一直坐著讀書突然站起來的瞬間，就暈眩了起來。

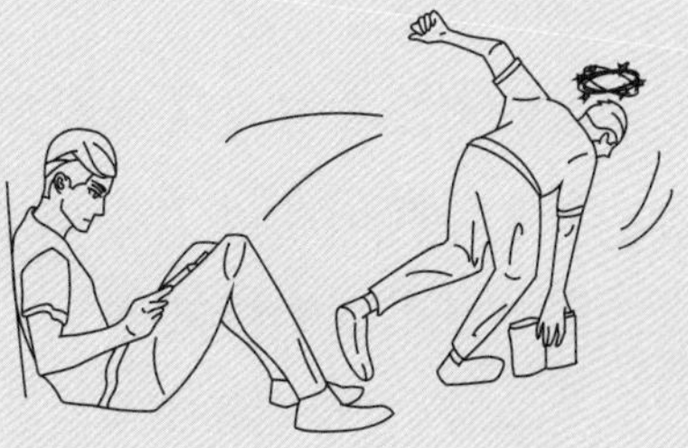

2. わたしが「さよなら」と言ったとたんに、彼女は泣き出した。
我才一説「再見」她就哭了出來。

2 〈～ながら〉系列

(1) 同義類似句型分析

《專欄3》 ～ながら / ～つつ / ～かたわら（一邊……一邊，一面……一面）

文型 1

動詞 2 ＋ながら、後項動作
中文意思：一邊……一邊

相似点	相異点
① 一個人同時做兩個動作 ② 後項動作才是主要動作《同時進行》	前項 和 後項 動作都要是持續性的動作

例文

1. 私はいつも料理の本を見ながら料理を作ります。
我總是邊看食譜邊做料理。

2. 学生時代、私はアルバイトをしながら、日本語学校に通っていた。
學生時代時我邊打工邊在日本語學校上課。

文型 2

動詞 2 +つつ、後項動作

中文意思：一邊……一邊

一面……一面

相似点	相異点
① 一個人在做一件事的同時還做另一件事 ② 後項動作才是主要動作《同時進行》	書面語

例文

1. 悪いと知りつつも、ごみを分別(ぶんべつ)せずに捨(す)ててしまう。
我明明知道這樣不好，但還是沒有把垃圾分類就直接丟了。

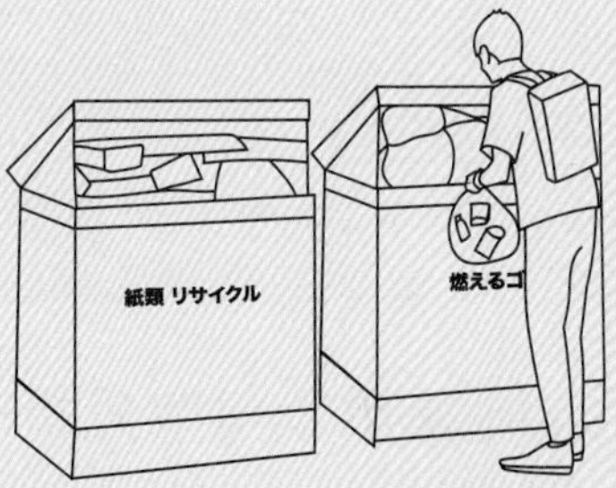

2. 毎日お返事(へんじ)を書(か)かなければと思(おも)いつつ、今日(きょう)まで日(ひ)がたってしまいました。
我每天都想說該回信了，但直到今天時間過了也沒有回信。

文型 3

動詞 3 ／名詞の+かたわら、後項動作

中文意思：一邊……一邊

一面……一面

相似点	相異点
① 一方面做……同時還做……（身兼二職）	① 前項 多為正職 ② 後項 多為兼差的工作 ③ 比ながら、かたわら多用在長期持續性的事上

例文

1. 田中さんは銀行に勤(つと)めるかたわら、作曲家(さっきょくか)としても活躍(かつやく)している。

   田中先生在銀行上班同時，一面又以作曲家活躍於樂壇。

2. あの人は大学院(だいがくいん)での研究(けんきゅう)のかたわら、小説を書いているそうです。

   他一邊在研究所做研究，聽説又一邊在寫小說。

(2) 同義類似句型分析

《專欄4》　～がてら／～かたがた／～ついでに（順便……；同時）

文型 1

動詞 2 ／名詞＋がてら、後項動作

中文意思：順便……；同時

相似点	相異点
① 一個行爲的時候，懷著兩個目的 ② 做一件事，可以得到兩個結果	～がてら…＋歩く、行く等和移動動詞有關的動詞

例文

1. 月一回のフリーマーケットをのぞきがてら、公園を散歩してきた。
   去看一下一個月一次的跳蚤市場，順便去公園散步回來了。

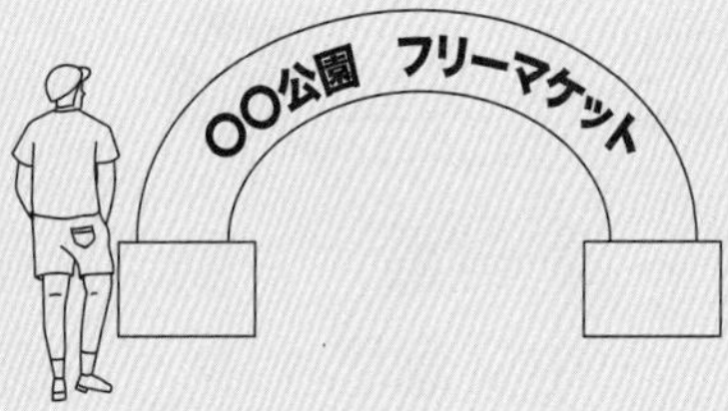

2. 買い物がてら、ちょっと郵便局（ゆうびんきょく）まで行ってきます。
   去買個東西順便去郵局一趟。

文型 2

名詞＋かたがた

中文意思：**順便……；兼做……**

相似点	相異点
① 做一個行爲有兩個目的	① 用於正式場合或商業場合 ② 名詞＋かたがた……＋訪問する、上京する等動詞

例文

1. 最近ご無沙汰（ぶさた）をしているので、卒業（そつぎょう）のあいさつかたがた保証人（ほしょうにん）のうちを訪（たず）ねた。
   因爲最近都沒有聯絡，除了報告畢業的問候順道去拜訪保證人。

2. 彼(かれ)が怪我(けが)をしたということをきいたので、お見舞(みま)いかたがた、彼(かれ)のうちを訪(たず)ねた。
因爲聽到他受傷了，去探望他的同時順便去他家拜訪。

文型 3

動詞 3 ／、動詞た形、名詞＋ついでに
中文意思：趁……的機會；順便……

相似点	相異点
① 利用做某事的機會，附帶做別的事	前半句爲一開始就預定好的動作，後半句爲追加的行動。

例文

1. 買い物のついでに図書館に寄って本を借りてきた。
買東西順便去圖書館借書。
2. 悪いけど、立ったついでにゴミを捨てて。
不好意思，你站起來順便丟一下垃圾。

五 狀態、變化

1 〈まま〉系列　同義類似句型分析

《專欄5》　～まま／～なり／～ながら／～っぱなし
（就那樣……，一直）

文型 1

動詞 3 ／た形／名詞の＋まま

相似点	相異点
① 就那樣……，保持原樣	同一種狀態持續不斷

例文

1. 彼は先週からずっと会社を休んだままです。
   他從上週就一直請假沒來公司。
2. 母は1時ごろに買い物に出かけたままです。
   媽媽一點左右去買東西都沒回來。
3. 日本酒は冷たいままで飲むのがおいしい。
   日本酒冰鎮後喝是最好喝的。
4. 肉を生のまま食べることには違和感がある。
   肉不烹調就那樣生吃，有點格格不入，不能接受。

文型 2

動詞 2 ＋ながらに／名詞ながらの

相似点	相異点
就那樣……	慣用表達較多

例文

1. 涙ながら＝涙を流して　流著淚
2. 生まれながら＝生まれつき　與生俱來
3. 昔ながらの＝昔のまま　保持以前的樣子

文型 3

動詞 2 ＋っぱなし

相似点	相異点
一直	① 將……置之不理，不做後面該做的事 ② 那種狀態一直保持不變 ③ 多用於負面的評價

例文

1. この仕事は立ちっぱなしのことが多いので、疲れる。
   這個工作久站的時候比較多，有點累。
2. 講演会（こうえんかい）では休憩（きゅうけい）もなしに、２時間も話しっぱなしで、とても疲れる。
   演講中場沒休息一直講了兩個小時，非常疲累。

2 變化系列　同義類似句型分析

《專欄6》　～につれて / ～にしたがって / ～にともなって / ～とともに

文型 1

動詞 3 ／名詞＋につれて

相似点	相異点
～すると、だんだん	以此爲理由發生變化的話，……的程度也跟著變化

例文

1. 日本語が上手になるにつれて、友達が増え、日本での生活が楽しくなってきた。
   隨著日文能力變好，朋友增加了，在日本的生活也愉快了起來。
2. 調査が進むにつれ、地震の被害のひどさが明らかになってきた。
   隨著調查的進展，地震災害的嚴重程度也明朗了起來。

文型 2

動詞 3 ／名詞＋にしたがって

相似点	相異点
～すると、だんだん	如果……變化的話，……也跟著變化

例文

1. 今後、通勤客が増えるに従って、バスの本数を増やしていこうと思っている。

   我想因爲通勤乘客的增加，今後要增加巴士的班次。

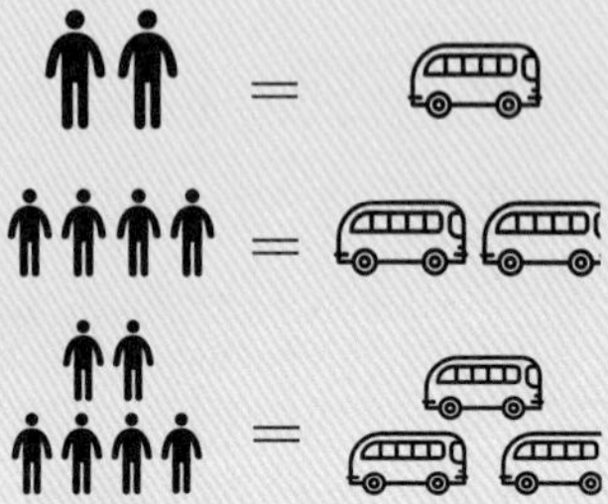

2. ゴミの問題が深刻になる従い、リサイクル運動への関心が高まってきた。

   在垃圾問題變得更嚴重的情況下，對資源回收的關心也提升了。

文型 3

動詞 3 ／名詞＋にともなって

相似点	相異点
～すると、それに応じてだんだん	……變化的話，與之相應的……也發生變化

例文

1. 彼は成長するに伴って、だんだん無口になってきた。
   隨著成長，他漸漸地變得沉默寡言了。
2. 病気の回復に伴って、働く時間も少しずつ延ばしていくつもりだ。
   隨著身體的康復，打算工作時間一點一點地延長。

文型 4

動詞 3 ／名詞＋とともに

相似点	相異点
～といっしょに、～に添えて	和……一起，和……共同，在……之上添加

例文

1. 手紙とともに当日の写真も同封した。
   當天的照片和信裝在一起寄給你。

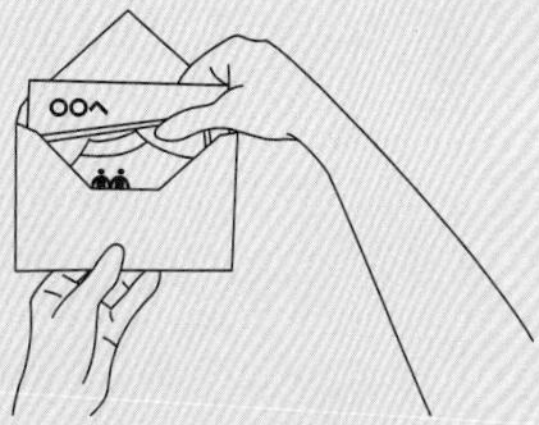

2. この国では、今でも結婚した長男が両親とともに暮らすのが普通だそうだ。
   這個國家至今長男結婚後和父母親同住是稀鬆平常的事情。
3. 風と共に去りぬ。（Gone with the wind）
   隨風而逝。

3 傾向系列　同義類似句型分析

《專欄7》　～まみれ／～ずくめ／～だらけ／～っぽい

文型 1

～まみれ

相似点	相異点
都是接尾語（詞） 名詞＋	① 到處都是…… ② 令人不悅的液體或細碎東西附著全身，非常髒的樣子 ③ 所接名詞有限 ④ 有時可和～だらけ互換 血(ち)まみれ、泥(どろ)まみれ、汗(あせ)まみれ 埃(ほこり)まみれ

例文

1. 二人とも血(ち)まみれになるまで戦(たたか)った。
兩人戰鬥到全身是血。

2. 吉田さんは工事現場(こうじげんば)で毎日埃(まいにちほこり)まみれになって働(はたら)いている。
吉田先生每天在工地現場工作，全身都是灰塵。

3. 足跡(あしあと)から、犯人(はんにん)は泥(どろ)まみれの靴(くつ)をはいていたと思(おも)われる。
從腳印來看，嫌疑犯穿著一雙沾滿泥巴的鞋子。

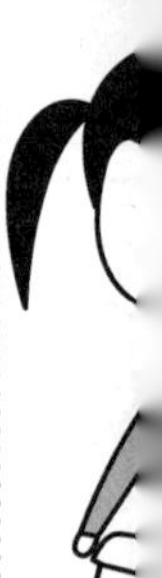

4. 汗(あせ)まみれになって農作業(のうさぎょう)をするのは楽(たの)しいことだ。
汗流浹背地從事農務是件愉快的事。

文型 2

~だらけ

相似点	相異点
都是接尾語（詞） 名詞＋だらけ	① 全都是…… 所見之處盡是不好的東西；黏附著許多不好的東西

例文

1. 子どもたちは泥（どろ）だらけになって遊んでいる。
   孩子們玩的一身是泥。
2. 喧嘩（けんか）でもしたのか、彼（かれ）は傷（きず）だらけになって帰（かえ）ってきた。
   是不是吵架了呢？他全身是傷的回去了。
3. この英語の訳文（やくぶん）は間違（まちが）いだらけです。
   這個英文翻譯一堆錯誤。

文型 3

～ずくめ

相似点	相異点
都是接尾語（詞） 名詞＋ずくめ	① 充滿了…… ② 多爲身邊日常生活中的好事 ③ 也用於物品、顏色、發生的事 いいことずくめ、結構（けっこう）ずくめ、ごちそうずくめ、宝石ずくめ、黒（くろ）ずくめ

例文

1. 彼から手紙が来たし、叔父からお小遣（こづか）いももらったし、今日は朝からいいことずくめです。
   男友今天來信了，叔父給了零用錢，今天從早開始話都是好事。

2. あの時、彼（かれ）はお葬式（そうしき）の帰（かえ）りだったらしく、黒（くろ）ずくめの服装（ふくそう）だった。
   那時他好像是去參加葬禮的歸途，穿著一身黑衣服。

文型 4

～っぽい

相似点	相異点
ます形 名詞　　　+つぽい い形容詞-い	① 表示有那種感覺或傾向，多用於不好的事物 ② 習慣上常有男っぽい、うそっぽい、色っぽい、黒っぽい、疲れっぽい這些用法

例文

1. 連日（れんじつ）の雨で部屋の中は湿（しめ）っぽい。
   一連下好幾天的雨，房間裡溼答答的感覺。

2. このごろ忘れっぽくなってきたのは、年のせいかもしれない。
   最近變得很健忘，或許是年齡的問題也說不定。

3. 娘の彼氏はどうも子（こ）どもっぽいから、あまり好きではないのです。
   總覺得我女兒的男朋友很孩子氣，所以我不太喜歡。

六 原因、理由

1 〈～から〉系列の文型の比較分析

第(1)組

文型 1

～からには/からは

相似点　既然……
～からには/からは　～のだから、～のなら之意 因爲……所以……是理所當然的。（通常是表達做某事堅持做到最後爲止）

例文

1. 引き受けたからには、最後まできちんとやる責任がある。
   既然已經接受了，所以負責任地做到最後。
2. 日本に来たからには、日本のことを徹底的（てっていてき）に知りたい。
   因爲來到日本了，所以想徹底地了解日本的事。
3. 自分からやると言ったからには、人に認められるような仕事をしたい。
   因爲是自己說要做的，所以想做被人家認同的那樣工作。

文型 2

～以上（は）

相似点　既然……
～以上（は）　是～のだから之意
因為……所以……是理所當然的。表達說話者的判斷、決定及建議。

例文

1. この学校に入学した以上（は）、校則（こうそく）は守らなければならない。
因為已進入這間學校，所以必須遵守學校規定。
2. 学生である以上、勉強を第一にしなさい。
既然是學生就要以讀書為第一考量。
3. 約束した以上、守るべきだと思う。
既然約定了，就應該要遵守。

文型 3

～上は

相似点　既然……
～上は　～のだから之意
因為……所以……是理所當然的。表達說話者的決心、心理準備。

例文

1. 親元（おやもと）を離（はな）れる上は、十分（じゅうぶん）な覚悟（かくご）をするべきだ。
既然離開父母的身邊，應該要有充分的覺悟。
2. やろうと決心した上は、たとえ結果が悪くても、全力（ぜんりょく）を尽（つ）くすだけだ。
決定要做，縱使結果不好，也只有盡全力了。

第(2)組

文型 1

～からこそ～んだ

正因為……才
表示強調之所以這麼做的理由，不用於強調負面。

例文

1. あなただからこそお話するのです。他の人には言いません。
   正因爲是你我才説的，其他的人我是不説的。
2. 先生に手術をしていただいたからこそ、再(ふたた)び歩(ある)けるようになったのです。
   正因爲醫生您幫我手術的，我才能再次行走。
3. あの子のことをかわいいと思っているからこそ、厳しくしつけるのです。
   就是因爲疼愛那個孩子，所以才嚴厲管教。

文型 2

～ばこそ～んだ

正因為……才
～から之意 強調說話者採取積極態度的理由，不用於負面。

例文

1. 練習が楽しければこそ、もっとがんばろうという気持ちにもなれるのだ。
正因爲練習很開心，所以才想要更加努力。
2. 親がいればこそ正月に故郷へ帰りますが、親が亡くなればもう帰ることもないでしょう。
正因爲有父母在所以過年回老家，如果父母過是不在了，也就不會回去了吧！

文型 3

～名詞のことだから

正因為……才
～なのだから、陳述說話者判斷的依據、陳述推測的結論。

例文

買い物が好きな彼女のことだから、今日もきっとたくさん買い物をして帰ってくるよ。
因爲她喜歡買東西，所以今天她一定會買很多東西回來噢！

文型 4

～だけに

正因為……才
～ので、それにふさわしく之意不愧是……常和さすがに前後呼應

例文

1. 田中先生は経験20年のベテラン教師であるだけに、さすがに教え方が上手だ。
   田中老師眞不愧是20年經驗豐富的老練教師，教學方法眞是很棒。
2. 静香（しずか）さんは若いだけに、飲（の）み込（こ）みが速い。
   靜香不愧是年輕，吸收能力很快。

文型 5

～だけあって

正因為……才
不愧是……
～ので、それにふさわしく

例文

1. 木村さんは10年も北京に住んでいただけあって、北京のことは何でも知っている。
   木村先生不愧是在北京住了10年，北京的事他什麼都知道。
2. このギターは実にいい音（おと）がする。名人（めいじん）が作っただけあるよ。
   這把吉他的音色眞是不錯，不愧是名人製作的。

第(3)組

文型 1

～こととて

因為……
～ことだから之意 較爲古老生硬的表達方式

例文

1. 世間(せけん)知らずの若者のしたこととて、どうぞ許してやってください。
   不懂事的年輕人做的事情，還請您原諒。

2. 山の中の村のこととて上等(じょうとう)な料理などございませんが……。
   因爲是山裡的村莊，所以沒有上等的料理可招待……。

文型 2

～（が）故に

因為……
～のために、～が原因で之意 較爲舊式的書面語，語氣較生硬

例文

1. 新しい仕事は慣れぬことゆえ、失敗ばかりしています。
   由於不習慣新工作，總是失敗。
2. 貧しさの故に、子どもが働かなければならない社会もある。
   因爲貧窮，所以在有些社會孩子必須去工作。

第(4)組

文型

～ではあるまいし／じゃあるまいし

～又不是……所以……
只用於會話中，不用於正式文章

例文

1. 神様ではあるまいし、10年後のことなんか私に分かりませんよ。
   我又不是上帝，10年後的事我哪知道啊！
2. 外国語で書くのじゃあるまいし、そんなに長い時間は必要ないだろう。
   又不是用外語寫，不需要花那麼長的時間吧！

2 〈～ので〉系列の文型の比較分析

第(1)組

文型 1

～おかげで

因為……導致的結果
好的結果

例文

▶ 先生のおかげで、無事（ぶじ）大学に合格できました。
托老師的福，才能順利去上大學。

文型 2

～せいで

因為……導致的結果
不好的結果

例文

▶ 一人っ子のせいで、彼女はわがままに育（そだ）ってしまいました。
由於是獨生女，她從小就很任性地被扶養長大。

文型 3

～ばかりに

因為……導致的結果
壞的結果

例文

▶ 生水(なまみず)を飲んだばかりに、おなかを悪くしてしまった。
因爲喝了生水，肚子不太舒服。

文型 4

～ために

因為……導致的結果
好的結果、不好的結果

例文

1. 大雪(おおゆき)のため、電車が遅れています。
因爲大雪的緣故，電車延誤。
2. この町は交通が不便なため、バイクを利用する人が多い。
這個鄉鎮由於交通不便，所以騎機車的人很多。

第(2)組

文型 1

～ものだから

用法 用於表達個人的解釋和辯解。

例文

1. いつもは敬語なんか使わないものだから、偉い人の前に出ると緊張します。
   因為我不常使用敬語，所以在了不起的人面前我就會很緊張。

2. A：どうして遅刻したんですか。
   B：目覚まし時計が壊れていたものですから。
   A：為什麼遲到？
   B：因為鬧鐘壞掉了。

文型 2

～もので（もんで）

用法 用於道歉，表示辯白。

例文

1. 今週は忙しかったもので、お返事するのがつい遅くなってしまいました。
   這週因為忙碌，以至於延遲回覆了。

2. 私は新人なもんで、ここでは知らないことが多いんです。
   因為我是新人，所以對這裡有很多事不知道。

第(3)組

文型 1

～を口実(こうじつ)に

用法 以……爲藉口；撒謊、編造理由。

例文

▸ 病気を口実(こうじつ)にして欠席(けっせき)した。
以生病爲藉口而缺席。

文型 2

～にかこつけて

用法 以……爲藉口；撒謊、編造理由。

例文

▸ 病気にかこつけて欠席(けっせき)した。
謊稱生病缺席未到。

第(4)組

文型 1

～につき

用法 用於陳述理由，通知、公告、告示等的固定用語。

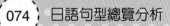

例文

1. （店の貼り紙）店内改装中（かいそうちゅう）につき、しばらく休業いたします。
（商店張貼公告）由於店內改裝，暫停營業。

2. （郵便局からの通知）この手紙は料金不足（りょうきんぶそく）につき、返送（へんそう）されました。
（郵局的通知）這封信因爲郵資不足，謹此退回。

文型 2

~とあって

用法 多爲說話者闡述自己觀察到的某事，常用於新聞報導中。

例文

▸ 久しぶりの晴天（せいてん）の休日（きゅうじつ）とあって、山（やま）は紅葉（こうよう）を楽（たの）しむ人（ひと）でいっぱいだった。
隔了好久才有的晴朗假日，山上充滿了享受紅葉的人們。

文型 3

~手前

用法 由於說了某話或做了某事的情況下，爲了面子而做……。

例文

▸ その場の雰囲気で「趣味はスケート」と彼女に言ってしまった手前、今になって「実はできないんだ」とは言えないので、慌てて練習している。

在那個場合的氣氛中，我愛面子地對她說了：「我的興趣是潛水」，事到如今又不能對她說：「其實我不會」，所以慌慌張張地在練習。

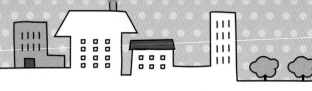

七 目的

文型 1

～ために

用法 表示某行爲的目的。

例文

▸ 西洋美術を勉強するために、イタリア語を習っています。

爲了學習西洋美術，正在學義大利文。

文型 2

～未然形＋んがために（＝～ようという目的をもって）

例外：する＋んがために→せんがために

用法 無論如何要實現某事，帶著積極的目地做某事。書面語，較生硬。

例文

▸ 研究を完成させんがために、彼は昼夜寝ずに頑張った。

爲使研究完成，她不眠不休地努力。

文型 3

～V辞書形＋べく（＝しようと思って）

例外：する＋べく→すべく

中文意思：想要……

用法 懷著某種目地那樣做。

例文

▸ 田中さんを迎えるべく空港まで行ったが、会えなかった。

去機場接田中先生，但沒接到。

文型 4

うえで（のに、）

中文意思：爲了……

用法 前句是一個正面意義或積極意義的目的，後句是要達成這個目的，必須採取的行動或十分重要的條件。

例文

▸ 有意義な留学生活を送る上での注意点は下記のとおりです。

爲了度過有意義的留學生活，注意事項如下所記。

八 條件

1 前提條件

文型 1

～さえ…ば（～ば、それだけで）

中文意思：只要……就……

用法 要「……」成立，只需「……」的條件實現就可以了，其他甚麼都不需要。

例文

▸ 湿度さえ低ければ、東京の夏も暮らしやすい。

只要溫度能降低，東京的夏天也是蠻舒適的。

文型 2

～てはじめて（～た後でようやく）

中文意思：直到……才……

用法 做某事之前並沒有那樣，而做了某事之後才明白……。

例文

▸ 入院してはじめて健康のありがたさが分かりました。

住院後才瞭解健康的可貴。

文型 3

~てこそ（~が実現することによって）

中文意思：正因爲……才……，做了……才明白……

用法 不做……就不明白，直到做……之前都不明白。

例文

▸ スポーツでもゲームでも自分でやってこそ、そのおもしろさが分かる。

運動也好，遊戲也好，要自己去做才知道箇中趣味。

文型 4

~名詞＋あっての（~があるから成り立つ）

中文意思：有……才有……

用法 N1あってのN2

只有N1存在，N2才能成立。

例文

▸ わたしたちはお客様（きゃくさま）あっての仕事（しごと）ですから、お客様（きゃくさま）を何（なに）より大切（たいせつ）にしています。

我們的工作是有顧客才有我們的，所以顧客是比什麼都重要的。

2 假定條件

(1)〈～すれば〉系列（如果……，要是……的話）

文型 1

～とすると／～としたら／～とすれば
（＝と仮定したら）

用法 如果……則會導致……這種邏輯性的結果。

例文

▸ 時給800円で一日4時間、一週間に5日働くとすれば、一週間で1万6000円になる。
時薪800日元，一天4小時，一週工作5天，一星期就有1萬6000日元（的收入）。

文型 2

～とあれば（＝なら）

用法 如果……那就……
如果是爲了……則有必要那樣做。

例文

▸ 子どもの教育費とあれば、多少の出費もしかたがない。
如果是孩子的教育費，多少花些錢也是沒有辦法的事。

文型 3

～ては

用法 如果是那樣的條件，那太難辦；或不應該那樣做。

例文

- コーチがそんなに厳しくては、だれもついていきません。
  如果教練那麼嚴格的話，誰也達不到（他的要求）。

(2)〈～しなければ〉系列

文型 1

～ないかぎり（＝しなければ）

中文意思：只要不……

用法 在沒有滿足前面條件的期間內，後面的事不會實現。

例文

- この建物は許可がないかぎり、見学できません。
  在還沒有獲得這個建築物的許可之前，是不能參觀的。

文型 2

～ないことには（＝しなければ）

中文意思：如果不做……

用法 如果不做某事，或者如果某事不發生的話，後面的事就不會實現。後多接否定句

例文

▸ 体が健康でないことには、いい仕事はできないだろう。
如果身體不健康，是不能做出好的工作吧！

文型 3

～てからでないと（＝～した後でなければ）
中文意思：**如果不……就……**

用法 如果不先做完某件事就不行，所以有必要先做那件事。

例文

▸ そのことについては、よく調査してからでないと、責任ある説明はできない。
關於那件事，如果不仔細調查的話是不能做負責任的說明。

文型 4

～なくしては（＝～がなければ）
中文意思：**如果沒有……的話**

用法 如果沒有……的話，後面的事情就很難實現。

例文

▸ 愛なくして何の人生だろうか。
如果沒有愛，何來人生之有呢？

文型 5

～をぬきにしては（＝～を考えに入れずには）

中文意思：如不把……考慮在內

用法 如果不把那件事考慮在內，則後面事情難以實現。常表達說話者評價較高的事物。

例文

- この国の将来は、観光事業を抜きにしてはあり得ない。
  這個國家如果不把觀光事業考慮在內是不可能的。

(3)〈～なら〉系列

文型 1

～ものなら（＝～もしできるなら）

中文意思：如果可以的話

用法 前接包含可能意思的動詞，用もしできるなら來假設，表示其實現之困難。

例文

- できるものなら、鳥になって国へ帰りたい。
  如果可以的話，我想變成鳥飛回自己的國家。

文型 2

～動詞意向形＋ものなら（＝もし～のようなことをしたら/もし～のようなことになったら）

用法 萬一變成那樣的話，事態將十分嚴重。多少有些誇張的表達方式。

例文

▸ この学校(がっこう)は規則(きそく)が厳(きび)しいから、断(ことわ)らずに欠席(けっせき)しようものなら、大変(たいへん)なことになる。
這個學校校規嚴格，不事先告知就缺席的話，是很不得了的。

文型 3

～が最後
～たら最後（＝～動詞意向形＋ものなら）

用法 後接不好的結果。

例文

1. あきらめたが最後、前(まえ)の努力(どりょく)はすべて台無(だいな)しになる。
要是在最後放棄的話，前面的努力都沒有用了。
2. 台風(たいふう)でも起(お)こったら最後(さいご)、野菜(やさい)の値段(ねだん)が高(たか)くなる恐(おそ)れがある。
要是發生颱風的話，蔬菜的價錢可能會提高。

文型 4

～ならいざしらず
～はいざしらず（＝～特別だから例外だが）
中文意思：**要是……或許可能，但是……**

用法 敘述一個較爲極端的例子，或特別的情況。主要是「指除了那種場合之外」這種表示例外的想法。

例文

▸ 神様ならいざしらず、普通の人間には明日何が起こるかさえ分からない。
要是上帝還有可能，一般人對於明天會發生什麼事都不知道。

《專欄8》 表條件的「と」、「ば」、「たら」、「なら」之比較

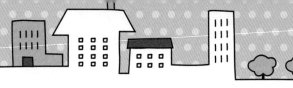

表條件	用法	例文
と	1. 發生前句的「動作」或「狀態」，就有後句的「狀態」。（一……就……） 2. 後句一定是非意志文。 3. 不能表示說話者的意志、願望、命令，但可接「習慣性的行爲」。 4. 經常用在「發現」和「狀態的變化」的語句。	**「發現」** 1. 蓋(ふた)を開(あ)けると、変(へん)な臭(にお)いがした。 一打開蓋子就發出很怪異的味道。 2. 部屋に入ると、冷房(れいぼう)が効(き)いていて涼しかった。 一進入房間，就感覺到涼爽的冷氣。 **「狀態的變化」** 1. この辺(へん)は冬になると、流氷(りゅうひょう)が見えます。 這一帶一到冬天就可以看見流冰。 2. 二つ目の角(かど)を右に曲がると、郵便局(ゆうびんきょく)があります。 第二個轉角向右轉，就有郵局。

表條件	用法	例文
		「習慣性的行爲」 1. 小さいころ、私は夏になると、よく海へ泳ぎに行った。 小時候一到夏天，就常常去海邊游泳。 2. 私は英語の本を読むと、すぐ眠くなります。 我一讀英文的書，就會立刻想睡。
ば	1. 多用在「慣用句和諺語」	「慣用句和諺語」 1. 塵(ちり)も積(つ)もれば、山となる。 積少成多（積沙成塔）。 2. 急(いそ)がば回(まわ)れ。 欲速則不達。 3. 住(す)めば都(みやこ)。 入境隨俗。（住久了就會習慣當地的一切而感到舒適。）
	2. 表示普遍的眞理或事實。	「普遍的眞理」 1. 時間が経(た)てば、悲しいことも忘れる。 經過一段時間，悲傷的事情就會淡忘。 2. 勉強(べんきょう)をすればするほど、上手(じょうず)になります。 愈努力用功就會愈出色。

表條件	用法	例文
		3. 年を取れば、誰でも角が取れる。 上了年紀，誰都會變得圓融。
	3. 後句不能表示過去式的句子，但可用在「與事實相反的假設」。	「反事實的假設」 1. 学生時代、もっと勉強しておけばよかった。 學生時代如果多用功一點就好了。 2. 時間があればできたのに、時間がたりなかったので、できなかった。 要是有時間就可以完成，因為時間不夠，所以沒有完成。 3. パーティーに来ればよかったのに、どうして来なかったの。 要是有來派對就好了，為什麼沒有來啊？
	4. 前句和後句不能同時表示說話者的意志文，但主語不一樣的時候，倒沒有這樣的限制。	「前後句主語不同時」 （私は）日本へ行けば、富士山を見たいです。（×同一主語） 如果我去日本的話，我想去看富士山。 あなたが行けば、私は行きません。（○不同主語） 如果你去，我就不去。

表條件	用法	例文
		※但用在從屬時可以同一主語 あなたは日本へ行けば、きっと富士山へ行くと思います。 如果你去日本的話，我想你一定會去富士山。
たら	1. 前後句的限制少。 2. 多用於一次性具體的行爲。	「一次性具體的行爲」 1. そんなことをしたら、きっと後悔(こうかい)しますよ。 如果做了那件事，一定會後悔喔。 2. 宝(たから)くじが当たったら、世界旅行へ行きたいです。 如果中了彩券，我想去世界旅行。 3. 安かったら、買いますけど。 如果便宜的話我就買（不過……）。
	3. 可用於動作的順序。	「動作的順序」 1. 家へ帰ったら、すぐうがいをしてください。 回家以後，請立刻漱口。 2. お湯(ゆ)が沸(わ)いたら、火(ひ)を弱くしてください。 水燒開後，請把火勢轉小。 3. 使い終わったら、元(もと)の所(ところ)に戻(もど)してください。 使用完畢後，請放回原來的地方。

表條件	用法	例文
なら	1. 接在名詞後面，表示「限定」「強調」「特別提示」。	1. 午前は忙しいですが、午後なら暇ですよ。 上午很忙，下午我就有空。 2. 納豆は食べられないが、刺身なら大丈夫だ。 我雖然不敢吃納豆，但要是生魚片的話就沒問題。 3. 日本語の辞書なら、広辞苑がいいと思います。 日語辭典的話，我覺得廣辭苑是不錯的。
	2. 後句可以接比前句先發生的事，其內容多表示說話者的意志、願望、要求。	1. 今晩パーティーするなら、飲み物を買っておいたほうがいい。 今晚要開宴會的話，先把飲料買好比較好。 2. お正月に帰国するなら、今から予約しないと間に合いませんよ。 過年時要回國的話，如果不從現在預約的話，會來不及。 3. 結婚するなら、今から貯金したほうがいいですよ。 要結婚的話，現在開始存錢比較好喔！ 4. 好きなら、結婚すればいいのに。 如果喜歡的話，就結婚不就好了。

表條件	用法	例文
		5. あなたが行くなら、私も行く。 如果你去的話，我就去。 6. 会社を辞めるなら、早ければ早いほどいいと思うよ。 如果你要辭職的話，越早越好。
	3. 不用在「發現」和「習慣性的行爲」。	1. ドアを開けたなら、中で田中さんが寝ていた。（×發現） 打開門，田中先生在裡面睡覺。 2. 幼（おさな）い頃（ころ）、日曜日になったなら、よく教会へ行った。（×過去的習慣） 小時候，一到星期日，就會去教會。

九 逆接關係

1 〈けれども〉系列（雖然……可是……）

第(1)組

文型 1

～ものの（＝～だが、しかし、）

用法 雖說這件事是事實，但事情卻不能照預想進行。多為負面評價的事物。

例文

▸ 頭では分かっているものの、実際に言葉で説明するのは難しい。
頭腦裡瞭解，但實際上用言語來說明很難。

文型 2

～Vます形 ／ 形容詞い ／ 名詞であり ＋ながら（＝けれども、のに）

用法 兩個相反的事件卻同時成立，多用於口語。

例文

1. 彼は金持ちでありながらも、とても地味（じみ）な生活をしている。
他雖然是個有錢人，卻過著非常樸實的生活。
2. 狭いながらも我が家には満足している。
我家雖然很小，但我很滿足。

文型 3

~Vます形+つつ

用法 常用於說話者的後悔、表白等情況，慣用表達爲多。多用於書面語。

例文

1. 毎日お返事を書かなければと思いつつ、今日まで日がたってしまいました。
每天都想說必須要回信，但一直到今天時間就這樣過去了。
2. 悪いと知りつつも、ごみを分別せずに捨ててしまう。
雖然知道不好，但還是沒做垃圾分類就直接丟掉了。
3. 佐藤さんの顔色が悪いことに気になりつつも、急いでいたので何も聞かずに帰ってしまった。
雖然在意佐藤小姐的氣色不好，但由於很趕，也沒多問她怎麼了就回去了。

第(2)組

文型 1

とは言っても（=けれども、といっても）

用法 雖說……。

例文

▸ やめようとは言っても、簡単にやめられないのですね。
雖然說要停掉，但並不是那麼簡單就可以停掉的呢！

文型 2

とは言え（＝だが、しかし）

用法 後半句出現說話者意見及判斷的詞句。

例文

▸ 山の夏は、8月とはいえ、朝夕は涼しくて少し寒いぐらいだ。
山上的夏天，儘管說是8月，但早晚涼意還是有點寒冷的程度。

文型 3

とは言うものの

用法 雖然承認……，但事實卻與前述事件推想出的結論不同。

例文

▸ 立春（りっしゅん）とはいうものの、春はまだ遠い。
雖已到立春，但春天的腳步還很遙遠。

文型 4

数量詞＋といえども…ない

用法 舉出事務最低限度的單位，即使一……也不能……，表達強調之意。

例文

1. 日本は物価(ぶっか)が高いから、1円といえども無駄(むだ)に使(つか)うことはできない。
日本物價很高，即使一日元也不能隨便浪費地使用。

2. わたしは一日といえども、仕事を休みたくない。
我即使連一天也不想休息停下工作。

2 〈のに〉系列

第(1)組

文型 1

動詞終止形、名詞＋にもかかわらず

用法 與從……的事態預想到的相反，結果便成了……。

常使用在說話者吃驚、不滿、責難等語句的詞句。（雖然……但……）

例文

1. 彼は足(あし)が不自由(ふじゆう)であるにもかかわらず、マラソンを完走(かんそう)しました。
雖然他的腳不良於行，還是跑完了馬拉松。

2. 雨にもかかわらず、多くの方々に集まっていただいて、ありがとうございました。
雖然下雨，還是許多人爲我來到這裡，眞的很感謝。

文型 2

くせに

用法 有責備、輕蔑的語感
主語必須是人，前後必須同一主語。

例文

▸ 今度入社した人は、新人のくせにあいさつもしない。
這次入社的這個人，明明是新人卻連打招呼也不做。

第(2)組

文型 1

にしては（＝～にふさわしくなく）

用法 所表達的事情，和一般常識或標準有很大的出入。

例文

▸ あの人は新入社員にしては、客の応対がうまい。
就他是新進人員來看，與客人的對應還相當不錯。

文型 2

わりに（＝～こととは不釣り合いに）
中文意思：與……不符

用法 所表達的事情，和一般常識或標準有很大的出入。
不能用於前後不同主語的句子。

例文

▸ 私の母は年を取っているわりには新しいことに意欲的です。
家母雖然年事已高，但對新事物非常積極主動。

第(3)組

文型 1

～ば…のに

用法 無法實現的假設。

例文

▸ 山田さんといっしょに来ればよかったのに。
你和山田先生一起來就好了（卻沒有一起來）。

文型 2

～ば…ものを

用法 無法實現的假設，比～ば…のに更強調失望、遺憾。

例文

▸ もうちょっと頑張れば通れたものを、実に惜（お）しかった。
再努力一點就可以通過了，眞的是很可惜。

3 〈ても〉系列

文型 1

たとえ～名詞＋でも
動詞＋ても
形容詞―い＋くても

用法 即使……也，還是要做……

例文

1. たとえ困難(こんなん)でも、最後まで頑張りたい。
   即使困難也想努力到最後。
2. たとえ失敗しても、挫(くじ)けずにやり直すつもりです。
   即使失敗也不受挫，打算重新來過。
3. たとえお金がなくても、幸せに暮らせる方法があるはずです。
   即使沒有錢，應該也有幸福度日的方法。

文型 2

いくら～ても（同たとえ～ても）

用法 即使……也，還是要做……。

例文

- いくら難しくても頑張ってやりたいと思います。
  就算再怎麼困難，我想我也會繼續加油的。

文型 3

いかに～ても（同たとえ～ても）

用法 即使……也，還是要做……。

例文

▸ いかに断（こと）わられても初心（しょしん）を貫（つらぬ）こうと思います。
即使被拒絕，也會貫徹初衷的。

4 〈反対に〉系列

文型 1

～反面

用法 同一個主語，兼有兩種截然不同的性質。

例文

▸ 彼はわがままな反面（はんめん）、リーダーシップがある。
他雖然任性，但有領導能力。

文型 2

～のにひきかえ、

用法 不同的主語，不同的對象進行對比。

例文

▸ 父は無口（むくち）なのにひきかえ、母はおしゃべりです。
家父沉默寡言，相反的家母能言善道。

文型 3

～のに対して、

用法 不同的主語，不同的對象進行對比。

例文

▸ 韓国料理は辛いのに対し、日本料理は淡白(たんぱく)です。
韓國料理辛辣，相對的日本料理就清淡多了。

文型 4

～に反(はん)して（＝とは違って、とは反対に）

用法 與……相反，反而。

例文

1. 親の期待に反(はん)して、彼は高校さえ卒業しなかった。
和父母親的期待背道而馳，他連高中都沒有畢業。
2. 今回の選挙(せんきょ)は多くの人の予想に反(はん)する結果に終わった。
這次選舉的結果和許多人的預測相反地結束了。

5 逆接假定　就算……也……，即使……也……

文型 1

たとえ～にしても
（～にしても＝口語の～にしたって）
（～にしても＝～としても）

用法 即使到了……，即使是……，陳述說話者的主張、判斷、評價、難以接受的心情、責備等。

例文

1. たとえ新しい仕事を探すにしても、ふるさとを離れたくない。
就算要找新工作，也不想離開老家。
2. いたずらにしたって、相手が眠れなくなるまで電話を掛けてくるとはひどい。
即使是騷擾電話，吵得對方無法入睡地一直打來，也太過份了。

文型 2

仮（かり）に～にしても

用法 （同義文型）即使到了……，即使是……，陳述說話者的主張、判斷、評價、難以接受的心情、責備等。

例文

▸ 仮にこのバイトをやらなければならないにしても、長く続けたくない。
假設這份工讀必須做，我也不想做太久。

文型 3

いくら～にしても

用法 （同義文型）即使到了……，即使是……，陳述說話者的主張、判斷、評價、難以接受的心情、責備等。

例文

▸ いくら忙しかったにしても、電話をかける時間ぐらいはあったと思う。
再怎麼忙，我想打通電話的時間還是有的。

文型 4

いくら～にしろ

用法 （同義文型）即使到了……，即使是……，陳述說話者的主張、判斷、評價、難以接受的心情、責備等。

例文

▸ いくら今度の事件とは関係なかったにしろ、あのグループの人たちが危ないことをしているのは確かだ。
再怎麼説和這件事件無關，那個集團的人都做一些危險的事，倒是確實的。

文型 5

いくら～にせよ

用法 （同義文型）即使到了……，即使是……，陳述說話者的主張、判斷、評價、難以接受的心情、責備等。

例文

▸ Aさんほどではないにせよ、Bさんだってよく遅れてくる。
就算不像A先生那樣，B先生也常遲到。

十 並列

1 並列系列

文型 1

～にしても～にしても

中文意思：無論……也好

用法 1. 舉出若干例子，表示在那些之中所有的都適用。

2. 舉出對立的例子，無論哪種場合都……。

例文

1. 大学にしても専門学校（せんもんがっこう）にしても、進学（しんがく）するなら目的（もくてき）をはっきり持つことです。

無論是大學或是專門學校，如果要升學的話，應該要有很清楚的目的才是。

2. 賛成（さんせい）するにしても反対（はんたい）するにしても、それなりの理由を言ってください。

不管是贊成還是反對，請說出其中的理由。

文型 2

～にしろ～にしろ

中文意思：無論……也好

用法 同～にしても～にしても。

例文

- 泳ぐにしろ、走る(はし)にしろ、身体(しんたい)を動(うご)かす時(とき)は準備運動(じゅんびうんどう)が必要(ひつよう)だ。
  不管是游泳還是跑步，活動身體時做準備運動，活動筋骨是必要的。

文型 3

～にせよ～にせよ

中文意思：**無論……也好**

用法 同～にしても～にしても。

例文

- 野球(やきゅう)にせよ、サッカーにせよ、スポーツに怪我(けが)はつきものです。
  不管是棒球還是足球，運動傷害是無法避免的。

文型 4

～であれ～であれ

中文意思：**……也好……也好**

用法 比～にしても～にしても語氣更生硬些。

例文

- 論文(ろんぶん)を書(か)くのであれ、研究発表(けんきゅうはっぴょう)をするのであれ、十分なデーターが必要だ。
  無論是寫論文還是研究發表，都必須要有充分的數據。

文型 5

~といい~といい

中文意思：無論是……還是……

用法 舉出若干例子，表達說話者對該事物「從哪個角度看都……」的評價時使用。

例文

▸ デザインといい色といい、彼の作品が最優秀（さいゆうしゅう）だと思（おも）う。
無論是設計還是色彩，我覺得他的作品是最優秀的。

文型 6

~といわず~といわず

中文意思：無論是……還是……

用法 舉出若干例子，強調「無論是……還是……都沒有差別」，且「不管……時都……」時使用。

例文

▸ 母はわたしのことが心配らしく、昼といわず夜といわず、電話してくるので、ちょっとうるさくて困っている。
媽媽好像很擔心我的事，不分晝夜都打電話來，讓我感到有一點困擾。

文型 7

~となく~となく

中文意思：不管……，不分……

用法 舉出若干例子，不管……，不分……。

例文

▸ 工事(こうじ)は昼(ひる)となく夜(よる)となく続(つづ)けられた。

工程不分晝夜持續地進行著。

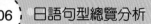

十一 限定與非限定

1. 限定

第(1)組

文型 1

～だけ（だけの文語的表現のみ）

中文意思：在……範圍內，盡可能

用法 以一種已經不能再超過……的限度做……之意時使用。
慣用句できるだけ。

例文

1. ここにあるお菓子をどうぞ好きなだけお取りください。
   這裡的點心，只要喜歡就請取用。
2. 明日はできるだけ早く来てください。
   明天請盡可能早一點過來。

文型 2

～しか～ない

中文意思：只能……

用法 沒有辦法所以只好那麼做，語氣中含有不得不、放棄等意思。

例文

▶ ビザの延長（えんちょう）ができなかったのだから、帰国（きこく）するしかない。
因爲簽證不能延長，所以只好回國。

文型 3

だけしか～ない

中文意思：只有……

用法 只有這些程度。

例文

▸ 時間はこれだけしかないから、最善(さいぜん)を尽(つ)くしたい。
時間就只有這些了，所以我想盡我最大可能。

第(2)組

文型 1

～ばかり

中文意思：只……，僅……

用法 多用於消極傾向的句子。

例文

▸ うそばかりのやつだ。
只會說謊的傢伙。

文型 2

～ならでは

中文意思：只有……才能……，只有……才有的……

用法 後多接好評或讚美的詞句。

例文

▸ 公園の数え切れない鹿の群れは奈良ならではの風景です。
公園裡有數不盡的鹿群，這是奈良才有的風景。

第(3)組

文型 1

～名詞＋に限って／～に限り
中文意思：只有在……的情況時……

用法 特別只在那種情況下發生不愉快的事令人不滿。
只要是……應該不會發生不愉快的事。

例文

1. 自信がある人に限って、試験はあまりよくできていないようだ。
愈是有自信的人，考試時愈是考不好的樣子。
2. あの先生に限ってそんな叱り方はしないと思う。
我想只有那位老師會用那種方式責備人。

文型 2

～限りでは
中文意思：在……的範圍內，就……來看

用法 表示資訊獲取之行爲的詞語見る、聞く、調べる＋限りでは。

例文

1. この売り上げ状況のグラフを見る限り（かぎ）では、わが社の製品の売れ行きは順調（じゅんちょう）だ。

從收益圖表來看，本社的製品販賣還是很順利的。

2. 今回の調査の限り（かぎ）では、この問題に関する外国の資料はあまりないようだ。

從這次調查來看，關於這個問題不太有國外資料的樣子。

2 非限定（不只……）

第(1)組

文型 1

～ばかりでなく～

中文意思：不但……而且

用法 不只是……範圍更擴大到……。

例文

▸ テレビの見すぎは子どもの目（め）を傷（いた）めるばかりでなく、自分（じぶん）で考（かんが）える力（ちから）も失（うしな）わせると言（い）われている。

有人說，看電視過度不僅是傷害孩童的視力，也會讓自我思考力喪失。

文型 2

～ばかりか

中文意思：不但……而且

用法 不只是……在其上再加上程度更大的事件。

例文

▸ このごろ彼は遅刻が多いばかりか、授業中に居眠りすることもある。

最近他不但很常遲到，上課時也經常打瞌睡。

文型 3

～のみならず～も

中文意思：不但……而且

用法 不只是……—範圍更擴大到……，書面語。

例文

▸ 会社の業務改善は、ただ営業部門のみならず、社員全体の努力にもかかっている。

公司的業務改善，不只是營業部門的努力，而是與全體社員的努力相關。

第(2)組

文型 1

～は言うまでもなく、

中文意思：不用說……

用法 不用說……。

例文

1. （可放在句首）言うまでもなく、予算が大幅に削除されました。
不用說，預算被大幅砍掉了。

2. 学業成績が優れているのは言うまでもなく、スポーツもよくできます。
不用說學業優秀，連運動方面也是相當優秀的。

文型 2

～は言うに及ばず、
中文意思：不用說……

用法 不用說……。

例文

▸ リゾート地としての場所は言うに及ばず、気候も最適です。
身爲避暑地的地方，不用說氣候一定相當舒適。

第(3)組

文型 1

～はもとより～も
中文意思：不用說……

用法 多用於正面積極的事物。

例文

▸ うちの父（ちち）はパソコンはもとより、携帯電話（けいたいでんわ）さえ持とうとしない。

不用說電腦了，我爸爸連手機都不帶。

文型 2

～はおろか～も

中文意思：別說……了連……

用法 多用於負面含意的句子。

例文

▸ この地球上には、電気、ガスはおろか、水道さえない生活をしている人々がまだまだたくさんいる。

別說電和瓦斯了，地球上還有很多人過著連自來水都沒有的生活。

第(4)組

文型 1

～名詞＋に限らず～も

中文意思：不限於……

用法 不只是……只要是……都。

例文

▸ 男性に限らず女性も、新しい職業分野の可能性を広げようとしている。

不只是男性連女性都在擴展職業分野的可能性。

文型 2

~にとどまらず

中文意思：不僅……還

用法 事情超越了……的範圍，擴展到……。

例文

▸ 学歴重視は子どもの生活から子どもらしさを奪うにとどまらず、社会全体を歪めてしまう。

重視學業的價值觀，不僅剝奪了孩童的生活失去了孩子該有的生活，也扭曲了整個社會。

十二 程度

1 《專欄9》 ほど、くらい（ぐらい）用法對照

用法	ほど	くらい（ぐらい）
数量＋	50キロほど重い 50公斤左右重。	高さは100メールぐらい 高度100公尺左右。
日時＋	×	3時間ぐらい掛かる 花費3小時左右。
これ＋	これほどおもしろい小説はない。 再沒有比這個小說還有趣的了。	鯉はこれくらいの大きさがある。 鯉魚有那麼大。
この＋	×	このぐらいかな。 大概有這個程度吧！
最低程度、最低限度	×	一日一回ぐらいできるでしょう。 一天可以做一次左右。
程度の例示、程度の形容	東京ドームほどの広さ 像東京巨蛋那様的寬敞。	顔が合わせられないぐらい恥ずかしかった。 沒辦法（與他）面對面般的羞愧。
比較	考えていたほど難しくなかった。 不像想像中的那麼困難。	×
最高程度	死ぬほど辛かった。 要死了般的痛苦。 旅行ほど楽しいことはない。 沒有比旅行還要快樂的事情了。	鄧小平ぐらい独裁的な政治家はいない。 沒有像鄧小平那様獨裁的政治家。

2 ほど、くらい相關句型-1

文型 1

ほど～ない

中文意思：沒有比……更……

用法 表示比較的基準。

例文

▸ 同じ緯度なのに、東京は西安ほど寒くない。

緯度相同，但東京沒有西安那麼冷。

文型 2

ほど～はない

中文意思：沒有比……更……

用法 可用於任何表程度的情況。

例文

▸ 親子の絆ほどいとしいものはない。

沒有像親子之間關係那麼溫馨的事物了。

文型 3

ぐらい～はない

中文意思：在也沒有比……更……

用法 多用於不好的事態。

例文

▸ 人間として無責任(むせきにん)ぐらい悪いことはない。
身為一個人，再沒有比沒有責任感來得惡劣的事了。

3 ほど、くらい相關句型-2

文型 1

～ば～ほど
中文意思：**越……越……**

用法 一方發生了變化，同時另一方也會變化。

例文

1. 山は登れば登るほど、気温が低くなる。
登山時爬得越高氣溫越低。
2. お礼の手紙を出すのは早ければ早いほどいい。
感謝信越早寄出越好。
3. 日系会社(にっけいがいしゃ)で仕事をするのには、日本語が上手なら上手なほどいい。
要在日系公司工作，日語能力越強越好。

文型 2

～ば～だけ

用法 只用於因果關係中。

例文

▸ 難しければ難しいだけ、値打(ねう)ちがある。
越是困難的越是有其價值存在。

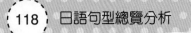

十三 選擇、不明確

第(1)組

文型 1

動詞終止形、名詞+～なり～なり（=～でもいい、～でもいい）

用法 選擇：列舉出可以選擇的事物。

例文

▸ お茶なりコーヒーなり好きなものをどうぞ。
茶或咖啡，請選擇您喜歡的。

文型 2

動詞終止形、名詞+～とか、～とか（～や～など）

用法 列舉：舉出同類例子時用。

例文

▸ 分からところは、詳しい人に聞くとか、ネットで調べるとかしてください。
不清楚的地方，請問熟知的人或是上網查詢。

文型 3

動詞終止形、名詞+～だの、～だの

用法 列舉：舉出同類例子時用。

例文

▸ これがいいだの、あれがいいだの、妻の買い物に付き合うと疲れてしまう。

這個好，那個好的，陪妻子買東西實在很累。

第(2)組

文型 1

～意向形（よ）うか、～まいか（～をしようか、するのはやめようか）

用法 選擇：二者選一是A還是B呢。

例文

▸ 学科旅行(がっかりょこう)の実行(じっこう)を延期(えんき)しようかするまいかと会長(かいちょう)は迷(まよ)っているようだ。

系上旅遊的實行是否需要延期的，系會長看起來好像很猶豫的樣子。

文型 2

～意向形（よ）うが、～まいが（もし～ても～なくても）

用法 無關係：不管A……不管B……。

例文

▶ 参加しようがするまいが、会費だけは払わなければなりません。

不管参加不参加，都必須付會費。

文型 3

～意向形（よ）うと、～まいと（もし～ても～なくても）

用法 無關係：不管A……不管B……。

例文

▶ ゲストの方が来ようと来るまいと、予定は変更しません。

不管來賓要來不來，預定的事是不會改變的。

第(3)組

文型 1

やら（～のか）

用法 疑問：是……呢？

例文

▶ いつ帰ってくるやら=いつ帰ってくるか。

什麼時候回來呢？

文型 2

～動詞終止形、名詞+やら、～やら

用法 列舉：舉例說明啦……啦。

例文

1. 色紙は赤いのやら青いやらいろいろあります。
   色紙有紅的有藍的，有各式各樣的。
2. 敢闘賞に入賞した時、嬉しいやら悲しいやら複雑な気持ちでした。
   當我得到努力獎時，是高興還是感傷，複雜的心情五味雜陳。

文型 3

～のやら、～のやら＋ { ……さっぱりわからない / ……見当もつかない }

用法 不明確：是……還是……（強調不確定性）。

例文

▸ 何を考えているやら、彼の心の中はさっぱり分からない。
不知道是在思考什麼，對於他心中的想法完全不瞭解。

十四 無關係系列

文型 1

～に関わらず／～に関わりなく

用法 ～に関係なく　無論……。

例文

1. 値段の高い低いに関わらず、いいものは売れるという傾向があります。
   無論價錢的高低，有一種傾向是品質好的東西就賣得出去。
2. 当社は学校の成績のいい悪いに関わりなく、やる気のある人材（じんざい）を求めています。
   本公司不管在學成績好壞，我們要求願意做的人材。

文型 2

年齡・性別・曜日・世代・経験
有對比含義的字彙　　　＋～を問わず

用法 不分……。
可與～に関わらず替換。
～に関係なく。

例文

1. この会には年齢、性別を問わず、いろいろな人を集めています。
   這個社會不分年齡性別，廣納各類人群。

2. 近年、食の安全問題は、国の内外を問わず大きな関心を呼んでいる。
近年來食安問題不分國內外，都引起很大的關注。

文型 2

- 疑問詞
- 含疑問意思的名詞　＋～によらず

用法 不管……、無論……。
～に関係なく。

例文

1. 合格点を取ったものは誰によらず賞金がもらえる。
無論是誰，只要取得及格的人都可獲得獎金。

2. 何事(なにごと)によらず、誠実(せいじつ)は大切な素質(そしつ)です。
無論什麼事，誠實都是很重要的素質。

十五 無視系列

文型 1

～にかまわず
～もかまわず

用法 ～を気にしないで　不在意。

例文

1. 大雨にかまわず、練習を続けていました。
   不在意大雨，繼續練習。
2. 悪天候もかまわず、工事が続けられた。
   不在乎惡劣的天候，工程仍繼續。

文型 2

～を顧みず
～も顧みず

用法 ～配慮しないで　不考慮、不關心。

例文

▶ 消息を絶った家族の安否を顧みず、1人で家で寝ている。
也不關心失去聯繫的家人安危，一個人在家睡覺。

文型 3

～をよそに
～もよそに

用法 ～無視して（有指責的口氣）不顧……。
對……不關心。

例文

▸ 掃除(そうじ)しているクラスメートをよそに1人(ひとり)で寮(りょう)で休(やす)んでいる。
不顧打掃的同學，自己一個人在宿舍睡覺。

文型 4

～をものともせず
～もものともせず

用法 ～に負けないで
～をまったく恐れないで　不畏困難……著目標前進。

例文

▸ 危険(きけん)をものともせず、震災(しんさい)の救助活動(きゅうじょかつどう)が続(つづ)けられた。
不畏危險，持續進行震災的救助活動。

《專欄10》 區分易混淆句型

文型 1

意量形（よ）うか～まいか

用法 表選擇（二者選一）。
是要……還是不……。

例文

- しようかするまいか、岐路(きろ)に立っている。
  是否要做呢？正站在分歧點上。

文型 2

意量形（よ）うが～まいが
意量形（よ）うと～まいと

用法 表無關係，不管（別人）……或不……。

例文

1. 君は行こうが行くまいが、僕と関係ない。
   妳是要去還是不去，都和我沒有關係。
2. 国民党(こくみんとう)が政治(せいじ)を握(にぎ)ろうと、握(にぎ)るまいと、私(わたし)はいつもの通(とお)りの生活(せいかつ)をするのだ。
   不管國民黨是否掌握政權，我還是過著一如往常的生活。

十六 與意志相關句型

1 決定、決心、預定

(1) 決定

第(1)組

文型 1

～にする
～ことにする（決める）

用法 和自己意志相關的決定。

例文

1. （食堂で）A：今日は何を頼(たの)みますか。
B：おなかが空いたから、カレーの大盛(おおも)りにします。

（學生餐廳）A：今天要點什麼？
B：肚子很餓，我要點大碗的咖哩飯。

2. 連休(れんきゅう)にはどこへも行かず、家(いえ)でゆっくり休(やす)むことにしました。
連續假期我哪裡都不去，我要在家好好的休息。

文型 2

～になる
～ことになる（決まる）

用法 與社會組織等相關的決定。

例文

1. インターネットの普及のお蔭で情報を得るのが便利になりました。
拜網路普及之賜，獲得資訊變得方便多了。

2. 一年生の担任は日本人の先生に替わることになりました。
一年級的班導師換成日籍老師了。

第(2)組

文型 1

～ようにする
～ようにしている

用法 自己努力的目標。

例文

1. 頑張って奨学金をいただくようにします。
我要努力獲得獎學金。

2. 毎日三回腹式呼吸するようにしています。
我每天做3次腹式呼吸練習。

文型 2

～ようにしてください

用法 要求對方努力。

例文

▸ なるべく遅刻しないようにしてください。
盡可能不要遲到。

(2) 預定

文型 1

～ことにしている

用法 自己的預定、習慣。

例文

▸ 来年日本旅行をすることにしている。
我預定明年去日本旅遊。

文型 2

～ことになっている

用法
1. 社會及周圍已有的規定、習慣。
2. 社會及周圍的預定。

例文

1. うちの大学は先生でも年に一度の企業研修（きぎょうけんしゅう）を義務（ぎむ）付けることになっています。
我們學校的老師一年要去業界研修一次，已是義務。
2. この町（まち）には粗大（そだい）ごみの収集（しゅうしゅう）は有料（ゆうりょう）ということになっています。
這個城鎮收集大型垃圾是要收費的。

2 義務、當然、不必要

(1)必要（不……不行，不……就沒辦法解決）

文型 1

名詞＋なしでは済まない

用法 1. 是較生硬的表達。

2. 因考慮到社會的規範，不得不做……。

例文

▸ その事件はお詫びなしではすまないのだ。

這件事不得不做出道歉。

文型 2

動詞ない形＋ずには済まない

中文意思：**必須得做……**

用法 不得不做……。

例文

▸ 就職のために先生にあれほどお世話になったのだから、お礼を言わずにはすまない。

爲了就業受到老師那麼大的關照，所以不做感謝的回禮是不行的。

文型 3

動詞ない形＋では済まない

用法 不得不做……。

例文

▸ 同じクラスの子を怪我させたのだから、家へ行って謝らないでは済まないでしょう。

讓同班的小朋友受傷，所以不得不去他家道歉。

(2) 不必要

文型 1

名詞＋なしで済む

用法 （不……也過得去）對照(1)必要的句型。

例文

▸ 交通事故だったが、幸い怪我一つなしで済んだ。

車禍很幸運地沒有受到任何傷就過去了。

文型 2

動詞ない形＋ずに済む

用法 （不……也過得去）對照(1)必要的句型。

例文

▸ 弁償(べんしょう)せずに済んだのは何よりです。

不用賠償就結束了，眞的是比什麼都好。

文型 3

動詞ない形＋で済む

用法 （不……也過得去）對照(1)必要的句型。

例文

▸ 建物(たてもの)が多(おお)くなかった時代(じだい)は夏(なつ)には冷房(れいぼう)なしで済(す)んだのだが、今(いま)はそうはいかないのです。

在過去建築物還不多的時代，夏天不用冷氣就過得去，就在就不行了。

(3) 應該

文型 1

～動詞る＋べきだ。

用法 建立在社會一般認知上的判斷，……是當然的，往往用在義務、唯一可能的選擇時。

不用在表示個人意志，對他人用時有較強的口吻。

例文

1. 国民(こくみん)は税金(ぜいきん)を納(おさ)めるべきだ。

國民應該繳納稅金。

2. 親は子を育てるべきだし、子は親の面倒を見るべきだ。
父母親應該養育子女，子女應該照顧父母。

文型 2

～はずだ。

用法 根據確定的消息或客觀的情報，說話者的推測。

例文

1. あんなに勉強したのだから、きっと合格するはずです。
都那麼用功了，一定可以考上的。

2. 彼も現場にいたから、このことを知っているはずだ。
他也在現場，所以應該知道那件事。

文型 3

～ものだ。

用法
1. 一般而論的判斷、義務、理所當然的事。
對他人忠告時用，有委婉、勸說的語感。
2. 表達這麼做是應該的，口語中常變成～もんだ。

例文

1. 乗り物の中ではお年寄りに席を譲るものだ。
在車上要讓座給年長的人。

2. 何か不満があったら、直接本人に伝えるものだ。こそこそ言わない方がいい。

有什麼不滿的話，就直接傳達給本人，不要竊竊私語來得好。

文型 4

～ないものだ。

用法 表達不這麼做是應該的。

例文

▸ 初対面の人に対して、年齢とか年収とかを聞かないものです。

對第一次見面的人，不要問人家年齡和收入。

(4) 許可（可以……，不妨，……也行）

文型 1

～てもいい

用法
1. 說話者主觀的判斷。
2. 請求對方許可或同意對方請求。

例文

▸ A：部屋に入ってもいいですか。

B：すみません。入らないでください。談話室で話し合いましょう。

A：我可以進入房間嗎？

B：對不起，請不要進來，在談話室討論好了。

文型 2

~てもさしつかえない

用法 同~てもいい、~てもかまわない。
但多表示消極性的許可、讓步或客氣的詢問。

例文

1. 来(きた)る水曜日の午前、訪問してさしつかえないでしょうか。
   下個星期三的上午訪問您是否方便呢？
2. お返事(へんじ)は今すぐでなくてもさしつかえないのですよ。
   現在不立刻回覆也沒有關係嗎？

文型 3

~てもかまわない

用法 請求對方許可或同意對方請求。

例文

▸ A：見学中(けんがくちゅう)、写真(しゃしん)を撮(と)ってもかまいませんか。
B：いいですよ。
A：參觀中可以拍照嗎？
B：可以喔！

(5) 禁止

文型 1

～てはいけない

用法 說話者自己主觀地對各種狀態進行判斷後，直接禁止對方行動。

例文

▸ 授業中、食事をしてはいけない。
上課中不可飲食。

文型 2

～てはならない

用法 依照社會常識、規則、習慣進行判斷，用於客觀說明事態，不用於某特定對象的禁止。

例文

▸ 体の不自由な人に対して、差別用語を使ってはならない。
對於身體不便的人，不可以使用差別用語。

文型 3

～べきではない

用法 同～てはならない　禁止、不要、不應該。
同～ものではない。
與～ないものだ（不……是理所當然的）區分。

例文

▸ 教師を呼び捨てにすべきではありません。必ず「先生」を付けてください。

對老師不可以稱呼其全名。請加上「老師」。

(6)困難（難於……，不好……）

文型 1

ます形＋がたい

用法

1. 表示那樣做很難，幾乎不可能那樣做。
2. 常與信じる、許す、想像する、受け入れる等一起用，是慣用的用法。
3. 不用在「能力上做不到」的表達上。

例文

1. 二か月前にまだ元気だった彼が病死するなんて実に信じがたい話です。

   兩個月前他還很健康，實在叫人難以相信他病死一事。

2. 湖の中に町を作るのは想像しがたいことです。

   在湖的中間建造一個城鎮，令人難以想像。

文型 2

ます形＋にくい

用法 1. 做……很難，表達客觀狀態。
2. 多用於負面評價。

例文
1. 大学（だいがく）の周（まわ）りには工場（こうじょう）が多（おお）くて住（す）みにくい環境（かんきょう）になっています。
大學周圍有很多工廠，是不適合居住的環境。
2. プラスチック製（せい）の食器（しょっき）は壊（こわ）れにくいですが、上品（じょうひん）さはあまり出（だ）せないのですね。
塑膠製的餐具不易毀壞，但很難表現出優雅的品味。

文型 3

ます形＋づらい

用法 1. 說話者因爲肉體的、心理的因素，以至於做……是很難的。
2. 做……動作很困難，不用在自然現象。

例文
1. 歯（は）が痛（いた）くて、食べづらいのです。
牙痛，難以飲食。
2. 舗装（ほそう）されていない道路（どうろ）は雨（あめ）の日（ひ）には走（はし）りにくいものです。
沒有鋪柏油路的路面，雨天難以行駛。

《專欄11》　區分易混淆句型

文型 1

～わけがない

用法 《可能性低》絕不可能……，決不會。

例文

▶ 韓国語(かんこくご)は習(なら)ったことはないので、ハングル文字(もじ)が読(よ)める<u>わけがない</u>。

沒學過韓文，所以韓國文字不可能讀得懂。

文型 2

～わけにはいかない

用法 《不可能》不能……。

例文

▶ 環境問題(かんきょうもんだい)は地球規模(ちきゅうきぼ)で考(かんが)えない<u>わけにはいかない</u>のです。

環境問題不能不以全球的規模來思考。

文型 3

～わけない

用法 《容易》很容易……。

例文

1. そんなこと<u>わけない</u>。簡単(かんたん)にできるのよ。

   那件事簡單，很容易就可以做到。

2. <u>わけなく</u>解決(かいけつ)できたのは彼(かれ)しかいない。

   能夠簡單地解決的，也只有他了。

文型 4

~わけだ。

用法 《斷定》當然，難怪……。

例文

▸ 毎日少しずつやっておけば、一か月で完成するわけだ。

只要每天一點一點地去做，一個月內就可以完成。

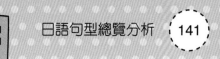

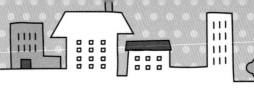

十七 與程度相關句型

1 限定、斷定

(1) 限定系列

文型 1

V原型
Vない～に限る
名詞

中文意思：只限於……
最好是……

用法 ～が一番いい
說話者主觀地認爲「……是最好的」並提出該主張時用。

例文

1. ホテルのサービスが似たり寄ったりなら、価格(かかく)が安いに限る。
   如果飯店的服務都差不多的話，那價格便宜是最好的。
2. 彼女はおしゃべりなんだから、大切なことは話さないに限る。
   因爲她是長舌婦，所以重要的事最好不要和她說。
3. デパートの初売(はつう)りには福袋(ふくぶくろ)が出(で)る。ただし、先着(せんちゃく)100名に限る。
   百貨公司的第一天開賣有福袋，但只限於先到的100位客人。

文型 2

名詞＋をおいて（ほかに）～ない
名詞＋を除いて（ほかに）～ない

中文意思：除了……以外沒有……

沒有比……更適合的……

用法 ～以外に

用來表達「除～之外沒有別的」之意。常用於表示高度評價時，指「沒有與之相比較的事物」。

例文

1. 僕には彼女をおいてほかに結婚したい相手はいない。

   除了她我沒有想要結婚的對象。

2. 日々(ひび)の努力(どりょく)をおいてほかに成功(せいこう)への近道(ちかみち)があるだろうか。

   除了每天的努力，沒有通往成功的捷徑。

文型 3

V仮定型＋ばそれまでだ。

名詞＋ならそれまでだ。

中文意思：一旦那樣的話，一切就此結束

如果……那就完了

用法 前句常用「～ても」的型式，表達一旦那樣的話，一切就此結束。

例文

1. 一生懸命(いっしょうけんめい)働いても、健康を失(うしな)えばそれまでだ。

   即使拚命地工作，但若失去了健康，就什麼都完了。

2. いくらいい辞書を買っても、使わなければそれまでだ。

   儘管買了再好的辭典，如果不用的話那也沒用。

3. 待(ま)ちに待(ま)った野外(やがい)コンサートだが、雨天(うてん)ならそれまでだ。

   等了又等的野外音樂會，如果下雨的話，就完了。

文型 4

～までだ。
～までのことだ。
中文意思：……就是了
……就算了

用法 說話者表示「由於沒有其他合適的辦法，以最後的手段做～」的心理準備、決心等覺悟。

例文

1. 最善（さいぜん）を尽（つく）しても、どうしてもうまくいかなかったときは、あきらめるまでだ。
盡了最大的努力還是不順利的話，那就放棄就是了。
2. バイクは故障（こしょう）したし、店（みせ）も締（し）まっているし、しかたがない。歩（ある）いて帰（かえ）るまでだ。
摩托車拋錨了，店家也關門了，沒辦法用走的回家就是了。

(2) 無非是……系列

文型 1

名詞＋にほかならない
中文意思：不外乎是……
無非是……

用法 在斷言「絕對是……」「絕不是……以外的任何事情」時用。通常出現在評論性文章中，爲書面語。

例文

1. 自然破壊をもたらしているのは、人間にほかならない。
破壞大自然的正是人類。
2. 親が子どもに厳しい態度を取ったのは、子どもの将来のことを心配しているからにほかならない。
家長之所以對子女嚴厲的態度，正是因爲擔心孩子的將來。

文型 2

名詞＋以外の何ものでもない

中文意思：無非是……
不外乎是……

用法 同「～にほかならない」。

例文

▶ あの二人の関係は「ホモ」以外の何ものでもない。
那兩個人的關係不外乎是「男性同性戀者」。

文型 3

～でなくてなんだろう（か）

中文意思：不是……又是什麼？
難道不是……嗎？

用法 選取一個抽象名詞，充滿感情地表示「這個就可以叫做～」時使用。常見於小說，散文，文章中的書面用語。

例文

1. いじめや不登校といった教育問題が、大人社会の縮図でなくてなんだろう。
   霸凌和不上學這樣的教育問題，難道就不是大人社會的縮影嗎？
2. 危険を顧みず、人を救った彼が英雄でなくてなんだろう。
   不顧危險去救人的他，不是英雄是什麼？

文型 4

名詞～と言わずしてなんだろう（か）

中文意思：不是……又是什麼？
難道不是……嗎？

用法 ～でなくてなんだろう。

例文

1. 「愛は盲目」というが、あのような母親を親ばかと言わずしてなんだろう。
   有道是「愛是盲目的」；像那樣的母親不就叫做愚蠢的母親嗎？
2. お前みたいな奴は親不孝者と言わずしてなんだろう。
   像你這樣難道不是不孝順的人嗎？

2 程度

(1) 非常系列

文型 1

Vてしかたがない
い形
（＝口語的～てしようがない）
～てたまらない
中文意思：非常……
……得不得了……
……得要命

用法

1. 產生某種感情或身體的感覺這種狀態「十分強烈，無法抑制」時使用。
2. 用於第三人稱時、句末要加上「～ようだ、～らしい、～のだ」。
3. 可以和「思える、泣ける」單單表示自發性的動詞一起使用。

例文

1. いよいよあした彼に会えると思うと、嬉しくてしかたがない。
想到明天就要見到他了，眞的高興得不得了。
2. 朝から吐気（はきけ）がしてしかたがない。お腹をこわしているかもしれない。
從早就想吐得要命，說不定吃壞肚子也說不定。
3. 都会（とかい）暮らしに慣（な）れた私には、田舎（いなか）の暮らしは単調（たんちょう）でしかたがない。
對已經習慣都會生活的我來說，鄉下的生活眞是單調乏味的不得了。

文型 2

～てならない

中文意思：難以遏到的感情、感覺
……得不得了
……得要命

用法
1. 產生某種感情或身體的感覺這種狀態「十分強烈，無法抑制」時使用。
2. 用於第三人稱時、句末要加上「～ようだ、～らしい、～のだ」。
3. 可以和「思える、泣ける」單單表示自發性的動詞一起使用。
4. 和表示自發性的「思える、思い出される、泣ける」單詞語一起使用，多表示負面的心情。

例文

1. この写真を見ていると故郷（ふるさと）の家族のことが思い出されてならない。
   看到這張照片，使我分外想念家人。
2. 川村さんは今の収入でこれから家族5人が生活していけるのか、心配でならないようだ。
   川村先生想到以現在的收入是否可養活家裡5口人，好像擔心得不得了的樣子。

文型 3

～てかなわない

中文意思：……得厲害
……得要命

用法 用於「已到了太過分以至無法忍受的地步」，常與うるさい、熱い、単調(たんちょう)だ、～過ぎる等帶負面語意的語彙一起使用。

例文

1. うちの母はよく「早く寝なさい」とうるさくてかなわない。
   母親總是「早點睡，早點睡」地嘮叨個沒完。
2. 冷房(れいぼう)のない部屋は暑(あつ)くてかなわない。
   沒有冷氣的房間悶熱得受不了。

文型 4

～てやまない
（＝心から～ている）
中文意思：**由衷地～**

用法
1. 用來說明說話者的心情，不用於第三人稱。
2. 接在「祈(いの)る、願(ねが)う、愛する」等動詞之後，表達向對方的關懷之情一直不變時使用。

例文

1. お二人のお幸(しあわ)せを願(ねが)ってやみません。
   我由衷地祝福你們兩位幸福。
2. 当時(とうじ)のわたしにとって、上村さんは尊敬(そんけい)してやまない存在でした。
   對當時的我來說，上村先生是我打從心裡尊重的人。

文型 5

~を禁じ得ない

~に耐えない

中文意思：無法忍受

不堪……不勝

用法 帶著一種不愉快的心情，忍受不了「見到的、聽到的事」只會接「見る、聞く」等少數動詞。

例文

1. 津波現場（つなみげんば）はまったく見るに耐（た）えないありさまだった。
   海嘯的現場眞是叫人不忍目睹的情景。
2. あの人の話はいつも人の悪口（わるくち）ばかりで、聞くに耐（た）えない。
   那個人說話時總是說別人的壞話，叫人無法忍受。

文型 6

Vます形＋きる

中文意思：完；完全~

透頂，……至極

用法

1. 全部做完，做……直到完成……的用法。
2. 堅決要做。
3. 非常……。

例文

1. 300ページの長篇を一晩中全部読みきった。
   300頁的長篇小說，一整晚就完全讀完了。
2. 彼女が「絶対にやれる」と言いきったのだから、相当の決心があるのだろう。
   因爲她說「我一定會做到」所以有相當的決心了吧！
3. 試合が終わって疲れきっていたが、みんな興奮して眠れなかった。
   比賽結束疲累到極點，但大家都興奮地睡不著。

文型 7

Vます形＋きれる
　　　　　きれない

中文意思：完全可以……
　　　　　無法完全……

用法 可以完全……。
無法完全……。

例文

1. オリンピックの関連商品は人気があるらしく、発売と当時に売りきれてしまった。
   奧運的周邊產品好像很受歡迎，發售當時就全都賣完了。
2. こんなたくさんの料理、とても一人では食べきれないよ。
   這麼多的料理，我一個人無法吃得完。

文型 8

Vます形＋抜(ぬ)く

中文意思：一直……到底

用法

1. 戰勝困難，一直堅持到最後，把～徹底做完。
2. 完全……。
3. 徹底……。

例文

1. 頑張(がんば)る人(ひと)は偉(えら)い人(ひと)、頑張(がんば)り抜(ぬ)いた人(じん)は幸(しあわ)せになれる人(ひと)。

   努力的人是了不起的，努力到底的人是可以獲得幸福的。

2. 彼(かれ)は10年間(ねんかん)も続(つづ)いた内戦(ないせん)を生(い)き抜(ぬ)いてきて、今家族と幸せに暮らしている。

   持續10年的內戰他活過來了，現在和家人過著幸福的日子。

文型 9

な形＋極(きわ)まる

い形＋こと極(きわ)まりない

名詞＋の極(きわ)み

名詞＋の至(いた)り

中文意思：極其……

　　　　　非常……

用法

1. 「沒有比這更……的了」「非常……」。
2. 帶有說話者主觀的色彩，是比較古老的表達方式。

例文

1. 大学の先生を呼び捨てにするとは、無礼極まる。
   直接叫大學老師的名字，是極其不禮貌的。
2. 卑劣極まりない犯行で、人として許し難い。
   極其卑劣的罪行，身爲人很難原諒。
3. 憧れのスターと握手してもらった彼女は、幸せの極みだった。
   能和心目中的偶像握手，她覺得幸福極了。
4. このような失態を演じてしまい、誠に赤面の至りです。
   演變成現在這個失態的局面，眞的覺得丟臉至極了。

(2)「評價很高的～」系列

文型 1

な形な な形である 名詞 名詞である V普通形	＋だけあって ＋だけある ＋だけのことはある

中文意思：不愧是……
値得……
無怪乎……

用法
1. 感慨其「才能、努力、地位等名實相符」時使用。後接對其結果、能力及特徵予以評價的語詞。
2. 常和「さすが」一起用。

3. 「～だけある」是較通俗的說法，放句末以「～だけのことはある」或「だけある」來表達。

例文

1. 日本通と言われるだけあって、さすが日本に詳しい。
眞不愧是日本通，對日本的事都很熟悉。

2. 研究熱心なだけあって、彼は料理の腕は日々進歩している。
不愧是他熱忱地研究的結果，他料理的手藝日益精湛。

3. この店の寿司はうまい。行列ができるだけのことはある。
這家店的壽司好吃，難怪會大排長龍。

文型 2

V辭書形＋に値する
名詞
中文意思：值得……

用法 用在「有那樣做的價值」時。

例文

1. これは充分に研究に値するテーマだ。
這是值得充分研究的主題。

2. 戦争で家族を失った難民は同情に値する。
因戰爭而失去家園的難民是值得同情的。

文型 3

V辭書形＋に耐える
名詞
中文意思：**值得……**

用法 用在「有那樣做的價值」時。

例文

▸ 「君の名は」という映画は子ども向けですが、大人の鑑賞にも十分耐えます。
「你的名字」這部電影是以孩子為對象的，但也值得大人觀賞。

文型 4

V辭書形＋に足る
名詞
中文意思：**值得……**

用法 用在「值得做～的人或事物」時。

例文

1. 彼は今度の日本語能力試験で十分満足に足る成績を取った。
他這次的日語檢定取得了十分滿意的成績。
2. 陳君は大学の代表として推薦するにたる有望な学生だ。
小陳身為大學的代表是值得推薦有希望的學生。

文型 5

Vた形＋かいがある
名の
Vます形＋がい
中文意思：有……的意義
有……的價值

用法 用在表示做……有意義、有價值的時候。

例文

1. 努力のかいがあって、彼女はつい成功した。
努力有價值，她終於成功了。

2. 彼ほどの選手だと、私も監督として鍛えがいがある。
像他這樣優秀的選手，身爲教練的我訓練他，是有意義的。

3. 長い間待ったかいがある。ついに私にもチャンスが巡ってきた。
等了那麼久是有代價的，機會終於輪到我了。

(3)「評價很低的～」系列

文型 1

V辭書形＋に値しない
名詞
中文意思：不值得……

用法 用於「沒有做那件事的價值」時。

例文

▸ この本は読むに値しない。
這本書不值得閱讀。

文型 2

V辭書形＋に足りない
名詞
中文意思：不值得……
用不著……

用法 用於「不值得做那件事」的時候。

例文

1. 彼みたいな小物が何を言おうが、恐れるに足りない。
像他那樣的鼠輩，管他說什麼，用不著害怕。

2. 取るに足りぬことを、まるで一大事のように騒ぎたてないで。
對那樣不值得一提的事，不要大肆喧嚷。

文型 3

V普通形＋に過ぎない
い形
な形
名詞
中文意思：只不過是……
只是……

用法 用於陳述「不超過某一程度，程度不過如此」來強調其程度之低。常用「ただ～にすぎない」或「ほんの～にすぎない」形式表達。

例文

▸ 英語が話せると言っても、簡単な会話ができるに過ぎない。
儘管會說英語，也只不過是會說一些簡單的會話而已。

文型 4

V辭書形＋に（は）あたらない
する動詞の名詞
中文意思：不值得……

用法 說話者對某事做出「這樣做不適當、不值得這樣做」的評價時使用。

例文

1. 面接(めんせつ)はいい結果(けっか)を出(だ)せなかったが、一生懸命(いっしょうけんめい)やったのだから、非難(ひなん)するにあたらない。
面試雖然沒有好的結果，因爲非常努力了，就不用責備了。
2. 彼の成功(せいこう)の裏(うら)には親(おや)の援助(えんじょ)があるのです。称賛(しょうさん)には当(あた)りません。
他成功的背後有父母親的後援，不值得稱讚。

3 數量的評估

文型 1

數量＋からある
金額＋からする
數量＋からの名詞
人數＋からいる
中文意思：只有……之多
……以上

用法 強調數量之多。

例文

1. 紀政（きせい）さんは73歳になるのに、毎日一万歩（いちまんぽ）からある道（みち）を歩（ある）いている。
紀政女士已經73歲，但每天仍走1萬步以上。
2. この画家（がか）の作品（さくひん）は小さいものでも100万円からする。
這位畫家的畫即使是小小的一幅，也超過10萬日圓。
3. 311東日本大地震（ひがしにっぽんだいじしん）では、39万人からの人々が家を失（うしな）い、1万6千人からの人が死（し）にました。
311大地震造成39萬人無家可歸，1萬6千人喪生。

文型 2

數量詞＋を越（こ）す
中文意思：超過……

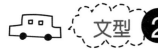

用法 超過了一個數量

例文

1. 60歳を越す人には見えない体型（たいけい）だ。

   看不出是超過60歲的體型。

2. 高雄（たかお）は年間（ねんかん）30度を越す期間（きかん）が半年以上（はんとしいじょう）だ。

   高雄一年超過30度的期間有半年以上。

文型 3

數量詞＋に上（のぼ）る

　　　＋に達（たっ）する

中文意思：達到……

用法 達到了一個數量。

例文

1. テロ事件による死傷者（ししょうしゃ）は百人に上るそうだ。

   聽說因恐怖攻擊的死傷人數上達百人。

2. 天文学的（てんもんがくてき）な数字（すうじ）に達（たっ）する。

   達到天文數字。

文型 4

數量詞＋を下（くだ）らない

中文意思：不少於……

　　　　　不下……

用法 評估不下於某個數量。

例文

1. 騙(だま)された人は三百人を下らない。
   聽說被欺騙的人數不少於300人。

2. コンサートの入場者(にゅうじょうしゃ)はざっと数(かぞ)えても5000人を下らない。
   演唱會的入場人數大約不少於5000人。

文型 5

數量詞＋や～にとどまらない

中文意思：不只……

用法 數量超過了某一個範圍，已經擴及到～。

例文

1. 毎年癌(がん)で死ぬ人の数(かず)は、二万や三万にとどまらない。
   每年死於癌症的人數不下兩、三萬人。

2. トランプ氏(し)の資本額(しほんがく)は600億ドルや700億ドルにとどまらないらしい。
   川普的資本額好像不只六、七百億美元。

十八 表現各種情感的句型

(1) 表現油然而生的情感

文型 1

Vない形＋ずにはいられない
～ないではいられない
中文意思：不能不……，不由得～
自然……

用法 用於身體上無法忍受的事。看到事物的樣子或情況，說話者心裡有一種「很想～」的情緒，卻是意志力「無法壓抑得住」的。第三人稱時，句末要加上「～ようだ、～らしい、～のだ」。

例文

1. 老後（ろうご）のことを心配しないでいられない。
   不得不擔心老年的事。
2. 被災地（ひさいち）の一日（いちにち）も早（はや）い復興（ふっこう）を、私は願（ねが）わずにはいられない。
   我不由得祈求災區早日復興。

文型 2

Vない形＋ずにはおかない
～ないではおかない
中文意思：勢必，不能不……

用法 1. 爲某事所引發的情感。
2. ずにはおかない也可表達一定要……的決定。

例文

1. 「忠犬(ちゅうけん)ハチ公(こう)」という映画は、見る人を感動(かんどう)させずにはおかない。

「忠犬小八」的電影讓看的人不得不感動。

2. 彼女の美しさは、男たちの心(こころ)を魅了(みりょう)せずにはおかなかった。

她的美貌勢必吸引了男人們的心。

文型 3

表示感情的名詞（同情(どうじょう)、怒(おこ)り、笑(わら)いなど）＋を禁(きん)じえない

中文意思：不禁……

不勝……

禁不起……

用法 表示看到事物的樣子、情況心中自然而然產生一種情緒，這種情緒用意志力「壓抑不住」。

語氣較生硬，日常會話較少用。

第三人稱時句末要加上「ようだ、そうだ」。

例文

1. 何でも武力(ぶりょく)で解決(かいけつ)しようとするやり方に、私は怒(いか)りを禁じ得ない。

無論對什麼都想要以武力解決的作法，不禁令我憤怒油然而生。

2. 友(とも)の訃報(ふほう)を知らされ、私は悲(かな)しみを禁じ得なかった。

得知朋友的死訊，我不禁悲從中來。

文型 4

～てならない
な形＋で
い形—い＋くて
Vて形
中文意思：不由得……
　　　　　不禁……

用法 表示「內心自然而然地那麼想」時。

例文

1. カメラマンとして戦場に旅立った彼のことが心配でならない。
   他身爲攝影師前往戰地，爲他感到非常擔心。
2. 専業主婦をしていると、世の中からしだいに取り残されていくように思えてならない。
   當了家庭主婦之後，就不由自主地覺得自己慢慢與社會脱節。

(2) 表現感嘆、感動的情感

文型 1

V普通形＋ものだ
い形
な形
中文意思：實在是……啊！

用法 帶著感情去敘述心裡強烈的感受、吃驚、佩服等情緒時。表示感嘆口語表達～もんだ。

例文

1. 思えば、遠くに来たものだ。
   細想，已經走了這麼遠了啊！
2. 若さが羨(うらや)ましくなるとは、俺(おれ)も年(とし)を取(と)ったものだ。
   所謂的羨慕年輕，我也老了啊！
3. 90歳なのに、毎朝5キロもジョギングとは元気なものだね
   90歲了每天早上還慢跑5公里，眞是健康勇健啊！

文型 2

V普通形＋ものがある
い形
な形な
中文意思：實在是……
總覺得……

用法 說話者由某個事實而感覺到～時，或懷著感情去表達某事物的特徵時使用。

例文

1. 彼の作品(さくひん)にはキラリと光(ひか)るものがある。
   他的作品有出色之處。
2. 思(おも)い出(で)の校舎(こうしゃ)が壊(こわ)されるのは、わたしには寂(さび)しいものがある。
   懷念的校舍被拆除，我感到落寞。
3. 彼の主張(しゅちょう)には、どうしても納得(なっとく)できないものがある。
   對於他的主張，總覺得不能認同。

文型 3

なんと　+～ことか
どんなに+～ことだろう
どれほど
中文意思：該多麼……呀
　　　　　不知多麼……呀

用法 以「～ことか」的形式表示「～到了什麼程度，成度高到無法想像的地步」時使用。

例文

1. 君にはこれまで何度注意したことか。
   到現在都不知道提醒你幾次了。
2. まさか夢が叶うなんて、なんと素晴らしいことだろう。
   美夢成眞，不知是多麼美好的事啊！

(3) 表現非出於本意、無奈的情感

文型 1

V原形＋しかない
中文意思：只有～
　　　　　只好……

用法 沒有別的辦法，只好那麼做。語氣中含有不得不放棄～等意思。

例文

1. 誰もやる人がいないなら、俺(おれ)がやるしかない。
   如果都沒人做，那只好我來做。

2. この事故の責任はこちら側にあるのだから、謝(あやま)るしかない。
   因爲這次事故責任在我們身上，也只能道歉了。

文型 2

V原形（より）ほか～ない

中文意思：只有……
　　　　　除了……外沒有……

用法 除此之外沒有別的辦法，是出於無奈才那麼做。

例文

1. 最終(さいしゅう)のバスが行ってしまったので、歩いて帰るほかなかった。
   因爲末班巴士已經開走了，所以只好走路回去了。
2. この病気を治(なお)す方法(ほうほう)は手術(しゅじゅつ)しかないそうです。すぐに入院(にゅういん)するよりほかない。
   聽說要治好這個病的方法只有手術，所以只好趕快住院了。

文型 3

～てもしかたがない
～てもしようがない
～てもはじまらない

中文意思：……也沒用

……也無濟於事

用法 沒有別的辦法表達，無奈的情緒。

例文

1. 幼い子どもに怒ってもしかたがない。

 對年幼孩子生氣也沒有用的。

2. いい品だから、多少値段が高くてもしようがない。

 好東西價格稍微貴一點也沒辦法。

3. 彼だけを責めてもはじまらない。これはチーム全体の責任だ。

 只是怪他也沒用，這是整個團隊的責任。

文型 4

Vない形＋ざるを得ない

中文意思：不得不……

不能不……

用法

1. 並不想……，但因無可避免的情況，所以「不得不做……」。
2. 「ざる」為較古老的說法，是「ない」的意思。
3. 「～ざるをえない」比「～ないわけにはいかない」無可奈何之感更強烈。
4. 例外：しない→せざるをえない。

例文

1. この大学の校則だから、従わざるを得ない。

 因為這是這個學校的校規，不得不遵守。

2. 悪天候(あくてんこう)のため、我々(われわれ)は登頂(とうちょう)を諦(あきら)めざるを得(え)ない。
因為天氣惡劣，我們不得不放棄攻頂。

3. こんなに雨がひどくては、運動会は中止せざるを得ない。
下這麼大的雨，運動會不得不停止。

文型 5

名＋余儀なくさせる
中文意思：使……不得不……

用法 しかたなく～させる
表示「因自然或環境等個人能力所不及的強大力量，導致……」。接在表示動作、行為的名詞之後，與「余儀なくされる」的主張相反。

例文

1. 味方(みかた)の軍(ぐん)は敵軍(てきぐん)に撤退(てったい)を余儀(よぎ)なくさせた。
我方軍隊迫使敵軍撤退。

2. 父親(ちちおや)の突然死(とつぜんし)が、彼(かれ)に中途退学(ちゅうとたいがく)を余儀(よぎ)なくさせた。
父親的突然死亡，使他不得不中輟學業。

文型 6

名＋余儀なくされる
中文意思：不得不～
被迫～

用法 しかたなく～しなければならない

表示「因自然或環境等個人能力所不及的強大力量，沒辦法所以不得不那樣做」之意。

接在表示行爲的名詞之後，與「余儀なくさせる」的主張相反。

例文

1. 味方の軍は敵軍に撤退を余儀なくされた。
   我方軍隊被迫撤退。
2. 地震で家を失った人々が、体育館やテントでの不自由な暮らしを余儀なくされている。
   因地震失去房子的人，只好在體育館或帳篷過著不方便的生活。

文型 7

～（の）はやむをえない

中文意思：不得已……

用法 やむない（連語、形）的句型化。

表示不得已而做……。

可放在句首或句末。

「やむえをない」也可說成。

「やむをえず」。

例文

1. 台風の襲来でやむをえず登山を中止することになった。
   由於颱風來襲，登山活動不得已停止了。
2. 諦めるのはやむをえないことです。
   放棄也是不得已的事。

(4) 表現意外、出乎意料的情感

文型 1

名＋～はずだった

中文意思：本以爲會……

應該是……，但……

用法 「はずだ」是表達從事實、情況來到判斷「那是理所當然的」相反意思。

例文

1. 日本に10年も住んでいるのだから、日本語が上手なはずだが、手紙も書けないなんて。
   住在日本10年了日文應該很棒的，竟然連信都不會寫。
2. こんなはずではなかった。まさか振り込め詐欺とは！
   不應該是這樣的，怎麼會是詐騙！

文型 2

名詞

V辞書形＋とは思ってもみなかった

中文意思：沒想到～

用法 「出乎意料之外」時的表達。

例文

1. 彼はこんなに無責任な人とは思ってもみなかった。
   沒想到他是這麼不負責任的人。

2. 大学卒業(だいがくそつぎょう)して38年、こんなところで君に会えるとは思ってもみなかった。
沒想到大學畢業38年能在這樣的地方遇見你。

文型 3

V辭書形
V的名詞形＋どころではない
中文意思：連……都不能了哪說得上～
根本說不上……

用法 強調否定的語氣，「沒有餘力做～的事情」是會話用語，不用於正式文章。

例文

1. 仕事が忙しくて、旅行どころではないのです。
工作很忙，實在沒辦法旅行。
2. 若(わか)い頃(ころ)はお金(かね)もなく、誕生日(たんじょうび)といっても祝(いわ)うどころではなかった。
年輕時沒有錢，即使生日也無法慶祝。

(5) 表現後悔、懊惱的情感

文型 1

～てしまう
中文意思：表示遺憾

用法 表達說話者的「失敗了、很遺憾、很困擾」等情緒。

例文

▸ 忘れてしまった。大事な会議を。
竟然不小心忘記了重要的會議。

文型 2

~させてしまった

中文意思：讓……了
使……了

用法 說話者造成某人、某件事……了的遺憾的表達。

例文

▸ 不手際(ふてぎわ)で飼(か)った金魚(きんぎょ)を死(し)なせてしまった。
笨手笨腳的讓我養的金魚死掉了。

文型 3

~ばよかった

中文意思：早知……就好了
應當……就好了

用法 說話者事後懊惱的表達同「べきだった」。

例文

1. 前(まえ)もって調(しら)べておけばよかったのに、今更後悔(いまさらこうかい)している。
早知事前調查就好了，事到如今只有後悔了。

2. 誘(さそ)ってくれればよかったのに。
應該邀請我就好了。

3. 私の体がもっと丈夫(じょうぶ)なら（ば）よかったと思う。
要是我的身體再硬朗一點就好了。

文型 4

~べきだった
（V原形）
中文意思：（當時）應該……就好了

用法 事後感到後悔、懊惱的表達，同「ばよかった」。

例文

1. 息子(むすこ)にあんなきついことを言うべきではなかった。
不應該對兒子說那麼嚴厲的話的。

2. こんな事態(じたい)になる前(まえ)に、もっと早(はや)く手(て)を打(う)つべきだった。
在變成這樣的情況之前，應該更早採取措施的。

句型索引

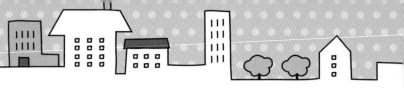

國家圖書館出版品預行編目資料

日語句型總覽分析／王珍妮作.
－－初版.－－臺北市：五南，2016.12
面； 公分
ISBN 978-957-11-8974-1（平裝）
1.日語 2.句型
803.169　　105024360

1X0C

日語句型總覽分析

作　　者 — 王珍妮
出 版 者 — 國立高雄餐旅大學(NKUHT Press)
封面設計 — 陳翰陞
插　　圖 — 賴品彣
校　　對 — 菊川秀夫
總 經 銷 — 五南圖書出版股份有限公司
地　　址：106台北市大安區和平東路二段339號4樓
電　　話：(02)2705-5066　傳　　真：(02)2706-6100
網　　址：http://www.wunan.com.tw
劃撥帳號：01068953
戶　　名：五南圖書出版股份有限公司
法律顧問　林勝安律師事務所　林勝安律師
出版日期　2017年2月初版一刷
定　　價　新臺幣300元

GPN：1010503033
ISBN：978-957-11-8974-1